穆旦译文
The Translation Works of
Mu Dan

济慈诗选
Selected Poems of Keats

〔英〕济慈　著
穆旦　译
Translated by Mu Dan

人民文学出版社
PEOPLE'S LITERATURE PUBLISHING HOUSE

图书在版编目（CIP）数据

穆旦译文. 济慈诗选／（英）济慈著；穆旦译. --北京：人民文学出版社，2024
ISBN 978-7-02-018402-6

Ⅰ.①穆… Ⅱ.①济…②穆… Ⅲ.①穆旦（1918-1977）-译文-文集②诗集-英国-近代 Ⅳ.①I11

中国国家版本馆CIP数据核字（2023）第228286号

责任编辑　陈　旻
装帧设计　刘　远
责任印制　苏文强

出版发行　人民文学出版社
社　　址　北京市朝内大街166号
邮政编码　100705

印　　刷　北京盛通印刷股份有限公司
经　　销　全国新华书店等

字　　数　85千字
开　　本　787毫米×1092毫米　1/32
印　　张　7.625　插页1
版　　次　1958年4月北京第1版
印　　次　2024年2月第1次印刷

书　　号　978-7-02-018402-6
定　　价　56.00元

如有印装质量问题,请与本社图书销售中心调换。电话：010-65233595

目　次

译者序 ………………………………… *1*

献诗 …………………………………… *1*
给我的弟弟乔治 ……………………… *3*
给—— ………………………………… *5*
写于李·汉特先生出监之日 ………… *7*
"有多少诗人" ………………………… *9*
给赠我以玫瑰的友人 ………………… *11*
给G.A.W. …………………………… *13*
"哦,孤独" …………………………… *15*
给我的兄弟们 ………………………… *17*
"阵阵寒风" …………………………… *19*
"对于一个久居城市的人" …………… *21*

初读贾浦曼译荷马有感 …………………… 23
清晨别友人有感 ………………………… 25
给海登 …………………………………… 27
给海登(第二首) ………………………… 29
蝈蝈和蟋蟀 ……………………………… 31
致克苏斯珂 ……………………………… 33
"快乐的英国" …………………………… 35
致查特顿 ………………………………… 36
给拜伦 …………………………………… 38
咏和平 …………………………………… 40
"女人！当我看到你" …………………… 42
愤于世人的迷信而作 …………………… 44
"呵,在夏日的黄昏" …………………… 46
"漫长的冬季" …………………………… 48
写在乔叟"花与叶的故事"的末页空白上 … 50
初见爱尔金壁石有感 …………………… 52
咏海 ……………………………………… 54
题李·汉特的诗"理敏尼的故事" ……… 56
再读"李耳王"之前有感 ………………… 58
"每当我害怕" …………………………… 60
致尼罗河 ………………………………… 62

2

致斯宾塞 ……………………………………	64
给—— ………………………………………	66
"但愿一星期能变成一世纪" …………………	68
人的时令 ……………………………………	70
致荷马 ………………………………………	72
访彭斯墓 ……………………………………	74
咏阿丽沙巉岩 ………………………………	76
写于彭斯诞生的村屋 ………………………	78
咏睡眠 ………………………………………	79
咏声名 ………………………………………	81
咏声名(第二首) ……………………………	83
"假如英诗" …………………………………	85
"白天逝去了" ………………………………	87
"我求你的仁慈" ……………………………	89
"灿烂的星" …………………………………	91
睡与诗 ………………………………………	93
夜莺颂 ………………………………………	116
希腊古瓮颂 …………………………………	122
幻想 …………………………………………	126
颂诗 …………………………………………	132
咏"美人鱼"酒店 ……………………………	135

罗宾汉 …………………………………… *137*

秋颂 …………………………………… *141*

忧郁颂 ………………………………… *144*

阿波罗礼赞 …………………………… *147*

画眉鸟的话 …………………………… *150*

仙灵之歌 ……………………………… *152*

雏菊之歌 ……………………………… *154*

狄万的姑娘 …………………………… *156*

"在寒夜的十二月里" ………………… *158*

无情的妖女 …………………………… *161*

伊莎贝拉 ……………………………… *165*

圣亚尼节的前夕 ……………………… *201*

译 者 序

约翰·济慈(John Keats,1795—1821)是英国十九世纪浪漫主义运动的杰出诗人,和拜伦、雪莱并称于世。他出生在伦敦,父亲是一个马厩主人;诗人的家庭和出身在当时社会看来是相当卑微的,他的一生也无时不在贫困中。在济慈还不到十五岁的时候,父母已先后去世,他和两弟一妹在亲族和监护人的看管下成长起来。

济慈很早便喜好文学,但是没有机会求学深造;在他不及十六岁时,便离开学校,给艾得芒顿的一个医生做学徒。以后他又在伦敦一家医院中学习两年,一八一六年获得了助理医师的资格。但济慈热爱文学,终于放弃行医而选择了写作和贫困的生活道路。

早在学校时期,他就从友人查理士·考登·克拉克那里借阅了很多文学书籍。最使他倾心的,是英国十七世纪诗人斯宾塞的"仙后"和贾浦曼译的荷马史诗。莎士比亚和伊丽莎白时代的诗人也是被他读了又读的。他仿照斯宾塞的风格写出早期的一些作品。由于和当时的自由主义者和民主主义者的往还,他结识了作家李·汉特,又通过他认识了雪莱及其他作家。汉特很看重济慈的诗才,在他所主编的自由主义刊物"探究者"上面,在一八一六年五月,首次发表了济慈的诗作——十四行诗"呵,孤独"。一八一七年,由于雪莱的帮助,他出版了第一本诗集,其中包括他自一八一三年以来四年中所写的诗。但这本诗集的出版在文坛上受到异常的冷落。

一八一八年,他的长诗"安狄米恩"问世。由于他和汉特的亲密关系,由于他平日进步的政治见解,还更由于这首长诗的自由思想和反古典主义倾向,他受到了反动杂志和评论家的恶毒的攻击。①

最初,济慈和汉特有共同的政治倾向和文学嗜好,他们都喜爱斯宾塞、文艺复兴时期的诗和古代神话。在"睡与诗"中,济慈所宣告的反古典主义的诗的信条也反

---

① 有一个论者这样谩骂道:"做一个挨饿的药剂师比做一个挨饿的诗人要强得多,明智得多。所以,约翰先生,还是回到你的药店去吧,回到膏药、药丸和油膏匣旁边去吧……"

映了汉特的批评见解。但济慈早年诗歌创作上的弱点,却正是受了汉特诗作的不良影响而发展起来的,自一八一八年以后才逐渐克服。在政治见解方面,他和汉特的接近也没有多久。他起初把汉特看作是反对不合理社会制度的战士,可是自由主义以及资产阶级社会进步学说的伪善的本质,很快就使他对原有的政见幻灭了。

一八一八至一八一九年是诗人生活最痛苦、同时创作力也是最旺盛和趋于成熟的时期。一方面,反动杂志在对他口诛笔伐;另一方面,他的弟弟托姆的肺病已成了不治之症,他自己得带着肺病来服侍他,终至看他在一八一八年十二月死去了。这以后不过数星期,他热恋上一个少女,范妮·勃朗。这是无望的爱情,因为他既没有经济能力和她结婚,而且他的健康,他也已预见到,是不会使他活多久的。就在这种情况下,他努力于写作,除试写戏剧("奥托大帝")外,还写有长诗"伊莎贝拉"、"海披里安"、"圣亚尼节的前夕"和"拉米亚"等。他最著称的颂诗如"希腊古瓮颂"、"夜莺颂"、"秋颂",民歌体诗如"无情的妖女"以及很多优美的十四行诗都是在这期间写成的。

一八二〇年,济慈的肺病趋于恶化,使他不得不停笔。九月,他接受友人的劝告去到意大利养病。但到意大利不久,即在一八二一年二月去世了,死时才二十五岁。在他的墓碑上,友人按照他的遗言铭刻了如下一句话:"这里安息了一个把名字写在水上的人。"雪莱曾写有"阿童尼"一首长诗哀悼诗人的死亡。

总起来看,济慈的创作生涯不过短短五年,而且是青年时代的五年,虽然这五年已经给英国和世界文学的宝库留下了珍贵的遗产。可惜的是,诗人终竟宏才未展而就夭折了。他自题的墓志铭已经表示他感觉到了这一点。他的早死,自然是和他所生活于其中的社会制度和反动派对他的直接和间接的打击分不开的。拜伦早已有见于此,他在"唐璜"的第十一章中写道:

> 济慈被一篇批评杀死了,
> 正当他可望写出伟大的作品;
> 尽管晦涩,他曾经力图谈到
> 希腊的神祇,使他们在如今
> 呈现他们该呈现的面貌。
> 可怜的人,多乖戾的命运!
> 他那心灵,那火焰的颗粒,
> 竟让一篇文章把自己吹熄。

拜伦和雪莱对济慈的同情和爱惜,绝不是偶然的。我们知道,在十九世纪后半叶的英国,济慈的诗的影响凌驾一切十九世纪诗人之上，形成了当时诗歌的主要的流派。但他绝非如资产阶级批评家把他说成的那样——一个纯艺术形式的大师，一个"为艺术而艺术"的典范和享乐主义颓废派的先导。这种说法，无异抹杀了济慈作品中深挚的社会热情，无视诗人——特别是在他的长诗如"伊莎贝拉"和"海披里安"中——对于自私自利的、窒息人的心灵的贵族资产阶级社会的抗议。实际上，济慈所以重视艺术，视之如沙漠中的绿洲，正是由于他对社会生活不满而引起的：他想以艺术去和丑恶的资本主义社会的现实形成对立。他早期作品中所呈现的美学倾向，就是在这种心情的土壤上形成的。但是济慈并没有在这阶段上停留不前；他逐渐转化；在长诗"海披里安"里，已经可以看到一个严肃的社会主题在发展着，但这首诗没有完成，诗人就去世了。

在早期作品中，有明显地表现社会题材的诗如"咏和平"、"写于李·汉特先生出监之日"、"给海登"、"愤于世人的迷信而作"、"致克苏斯珂"等。这些诗流露了诗人的进步的社会意识以及他对现实的深刻的不满。

但是另一方面，他也企图以自然、艺术和感官的享受构成一幅快乐的生活图画，而将这想象的感官世界置于现实世界之上。他仿佛说,现实世界是悲惨的、丑陋的,这是它不值得注视的一面;可是还有美和美感在,让我们去追求这种快乐吧,因为这是更高的真实。因此,在"希腊古瓮颂"里,他写下"美即是真,真即是美"这句话来。但这并不是他的思想全貌。他是有矛盾的。早在一八一六年写"睡与诗"时,他已认识到,如果不理解社会的疾苦,就无法达到诗的最高的境界。所以他说:

> 我必须舍弃它们去寻找
> 更崇高的生活,从而看到
> 人心的痛苦和冲突;

可惜的是,诗人短促的生命使他来不及实现他的这个描写"人心的痛苦和冲突"的愿心。

苏联科学院一九五三年出版的"英国文学史"把济慈在英国浪漫主义运动中所处的特殊地位作了很好的描述,它说:

> 人文主义,对自然和对人所持的自发唯物主义的、享乐的态度,激进的社会观点,对英国贵族资产阶级社会的丑恶本质的抗议——这一切使济慈和湖畔派诗人们①迥

---

① 指华兹华斯(Wordsworth)、柯勒律治(Coleridge)和苏赛(Southey)。

乎不同,却使他和革命浪漫主义者颇为接近。但另一方面,雪莱和拜伦积极反对他们周围的不合理的世界,并把诗看作是政治斗争的工具,而济慈则不是这样,他倾心于美,特别是在早期的诗作里崇拜"永恒的美"。(见该书第一卷第二册130页)

济慈不是革命的浪漫主义者(虽然,他也许是朝这个方向接近),他没有在诗中提出改造现实生活的课题,他的作品也不像拜伦及雪莱那样尖刻而多方面地反映现实;但另一方面,他也和湖畔诗人们不同,即使只就"描写美"这一点而言;因为他所追求的美和美感,不在于神秘主义的、缥缈的境界(如柯勒律治),不在过去或另一个世界里,而就在现实现象中。他不像华兹华斯似地引人向往于过去的封建社会。他从热爱现在、热爱生活出发,他所歌颂的美感是具体的、真实的,因此有其相当健康的一面。他善于从瞬息万变的现实世界掌握并突现其优美的一面,而他认为,正因为这"优美"的好景不常,它就更为优美,更值得人以感官去尽情宴飨——济慈的诗在探索这样一种生活感受上达到了艺术的高峰。

济慈对自然及生命的原始唯物主义的看法,在他早期一篇杰出的诗作"蝈蝈和蟋蟀"里很清楚地表现了出来。在这首小诗里,他真实地传达出夏日郊野和冬季室内的两种景色,写出了他对生命运行不息和自然间永恒的美的感受,通篇充满了明朗的乐观情调。"秋颂"是这种感觉和情调的继续发展和成熟。

艺术的欣赏是济慈所常常歌颂的另一种生活感受。我们说它是生活感受,因为济慈的心灵对艺术如此饥渴,它对他的生命已经是如阳光和空气一样地必需。如果说,早期的"初读贾浦曼译荷马有感"还只是表现了对艺术的单纯的陶醉,和现实生活联系不多;那么,在后期的"希腊古瓮颂"中,这种感受已不单纯是艺术陶醉,而且渗透着现实感。同样,在"夜莺颂"中,诗人一面歌颂夜莺所生活着的世界,一面不断想到人间;这使他既喜悦于"永恒的美",又感到现实的痛苦的重压;这两种情绪的冲突贯穿了全诗。这说明诗人的创作已经达到浪漫主义和现实主义接壤的地方了。

他的叙事诗杰作"圣亚尼节的前夕"是另一个例子。在这里,像罗密欧和朱丽叶一样年轻而美丽的爱情故事,在充满敌视的背景中进行。诗人使我们看到,一方面,年轻的恋人如何热烈地追求光明与温暖,另一方面,又不时地指出那个粗暴、冷酷、酗酒的世界的存在,它随时都可以把这美丽的爱情像肥皂泡一样地戳破。"美"和"现实"是太挨近了,使人不得不感到颤栗和恐惧。这篇诗对于色彩的描写,对于冷的气候、月光、卧房陈设和恋人所经历的各种美妙情景的描写都达到出神入化的地步,引起了各时代的读者的赞叹。还有,成为本诗另一特点的是,它的结尾既不是悲剧,也不是快乐的收场。诗人告诉我们,在远古,有一对年轻的恋人终于逃进了严冬的风雪之中,如此而已。这故事本身就像是对"美"的一支赞歌,悠悠然盘旋在半空,令人神往不已。

无论济慈的哪一篇诗,都是充满了热爱生活的乐观情调的,这种健康的调子使我们不由得想到普希金的诗。例如,在"罗宾汉"这首诗中,诗人一直在惋惜"快乐而古老的英国"的消逝,我们会以为它将以哀歌告终的吧?——然而不,它最后一转,乐观地唱道:

尽管他们的日子不再,
  让我们唱支歌儿开怀。

明朗,坚韧,而又极其真诚,——这是多么可喜的艺术天性!"忧郁颂"也是同样地把"忧郁"化成了振奋心灵的歌唱。诗人指出,生活即使是忧郁的,在忧郁中也可以见到美,因此也有喜悦。这里既揭示出他作为诗人的弱点,说明他何以避免和现实做斗争,同时也显示了他是多么热爱生活,在逆境中还能保持着乐观勇毅的精神。

后期的济慈不但接近现实主义,也更接近了人民。他注意到民歌的写作("无情的妖女","狄万的姑娘"),采用了人民传说中的英雄罗宾汉为主题,并且歌颂了苏格兰人民诗人彭斯。他更多地看到人民的日常生活(如"秋颂"中所表现的),他的语言也由最初典丽而模糊的词藻趋于单纯的、富于表现力的口语。

在今天,济慈在苏联读者中的声誉是很高的。我想,这也并非偶然。因为济慈所展示给我们的尽管是一个小天地,其中却没有拜伦的悲观和绝望,也没有雪莱的乌托邦气氛——它是一个半幻想、半坚实而又充满人间温暖与生活美感的世界。这样的作品在教育社会主义新人的明朗的性格方面,当然还是有所帮助的。

我所根据的原文,是 E.D. 西林考特编订的"约翰·济慈诗集"(E. De Sélincourt: *The Poems of John Keats*,伦敦 1905 年版)。济慈的诗在形式上、在语言上都可以说是英文诗中的高峰,译时力图在形式上追随原作,十四行诗和颂诗等都照原来的格式押韵(只有几处例外),在十四行上面,我更力求每行字数近似,使其看来整齐、精炼。这样做是否有益,只有请读者判断和指教了。

          查良铮
         一九五七年十月

献 诗[①]

——给李·汉特先生

神奇和瑰丽都已消失、不见；
　　因为呵,当我们在清晨游荡,
　　我们不再看见一缕炉香
袅入东方,迎接微笑的白天；
不再有快乐的一群少女
　　妙曼地歌唱,手提着花篮,
　　把谷穗、玫瑰、石竹、紫罗兰,
携去装饰五月的花神祭。
不过,倒还有诗歌这种乐趣

---

① 这首献诗是印在济慈第一本诗集的首页上面的。
李·汉特(Leigh Hunt,1784—1859),英国作家及诗人,"探索者"杂志的主编。他初次发表了济慈的诗,并予以评论。济慈通过他而认识雪莱。他也是拜伦的友人。

遗留下来,点缀平凡的岁月;
我欣幸:在这时代,在林荫里
　　固然没有了牧神,我尚能感觉
葱茏的恬美,因为我还能以
　　这束贫乏的献礼,给你喜悦。

　　　　　　一八一七年三月

给我的弟弟乔治

今天我看见的奇迹很多：
 初升的旭日吻干了清晨
 眼中的泪，天宇中的诗人
凭倚着黄昏轻柔的金色；
我看见碧蓝而广阔的海，
 它那巉岩，洞穴，海船，憧憬
 和忧惧，还有神秘的海声
令人悠悠想到过去和未来！
亲爱的乔治呵，就在此时，
 月神像在她新婚的夜晚，
羞怯地从丝帷向外窥伺，
 她的欢情还只流露一半。
唉，但天空和海洋的奇迹

算了什么,若不是联想到你?

一八一六年八至九月

给——

假如我面貌英俊,我的轻叹
　　就会迅速荡过那玲珑玉壳——
　　你的耳朵,把你的心找到;
热情尽够鼓舞我前去冒险:
但可惜我不是无敌的骑士,
　　没有盔甲闪闪的在我前胸,
　　我也不是山中快乐的牧童,
能让嘴唇对牧女的眼睛放肆。
然而我仍得爱你,说你甜蜜,
　　因为你甜过希布拉①的玫瑰
　　　当它浸润在醉人的露水里。
唉!但我只合品尝那露滴,

---

① 希布拉(Hybla),爱特纳山腰上的城镇,有野生芳草,味极甘美。

等月亮露出脸,苍白而憔悴,
　我将要凭咒语把露水采集。

　　　　　　　　　一八一六年

写于李·汉特先生出监之日[①]

为了对当政直言,而不阿谀,
　　和蔼的汉特岂能畏惧监禁?
　　因为他和他那不朽的精神
正和云雀一样自由而欢欣。
荣华底宠儿呵! 是否你以为
　　他只是期待,只是望着墙壁,
　　直到你不情愿地打开牢狱?
呵,不! 他的命途快乐而高贵!
在斯宾塞[②]的客厅和亭园中

---

① 李·汉特在"探索者"杂志上发表评论摄政王的文字,被判处罚金及两年禁闭。他在监狱中继续编辑工作,友人拜伦等都曾前往狱中探视他。他于一八一五年二月二日出狱时,济慈曾访他表示祝贺。
② 斯宾塞(E. Spenser,1552?—1599),英国宫廷诗人,著有"仙后"等,以文体绮丽著称。

他游荡着,采摘魅人的鲜花,
他和密尔顿①在广阔的高空
　　快乐地飞翔,直抵天才的冢。
他的美名能不与世永存?
　且让你的一伙逞凶这刹那!

　　　　　　　　　一八一五年二月

---

① 密尔顿(J. Milton, 1608—1674),清教革命时代的诗人,著有"失乐园"等,以"圣经"的故事及形象反映了资产阶级革命的理想。

"有多少诗人"

有多少诗人把闲暇镀成金!
　我的幻想总爱以诗章作为
　　食品——它平凡或庄严的美
能使我默默沉思很多时辰;
平时,每当我坐下来吟咏,
　诗人就拥聚在我的脑海间,
　但并不引起芜杂的骚乱,
而是合唱出悦耳的歌声。
正如黄昏容纳的无数声音:
　树叶的低语,鸟儿的歌唱,
　水流的潺潺,由暮钟的振荡
所发的庄严之声,和千种
　缥缈得难以辨识的音响,

它们构成绝唱,而不是喧腾。

　　　　　　　一八一六年三月

给赠我以玫瑰的友人[①]

最近,我在愉快的田野里漫步;
 天鹅正在茂密的苜蓿荫翳里
 摇落颤动的露珠,冒险的骑士
也正又拿起打凹的盾牌上路;
这时,我看到最美的野生花朵——
 一枝早开的麝香蔷薇,在初夏
 散发着甜香,像女皇泰坦妮亚[②]
所执的魔杖,秀丽地滋长着。
当我宴飨于它的芬芳的时候,
 我想,它远优于花园里的玫瑰:
可是,威尔斯呵,你的玫瑰来后,

---

① 指查理斯·威尔斯(Charles Wells, 1799—1879),济慈弟弟托姆的同学,曾写过一些小说和剧本。
② 泰坦妮亚,妖仙的女皇,见莎士比亚的"仲夏夜之梦"。

我的感官却迷于它们的甘美：
它们有轻柔的声音，悄悄恳求
　和平、真理和无尽友情的陶醉。

给 G. A. W.[①]

斜睨和低首微笑的少女呵,
  在一天中哪个神奇的刹那
   你最可爱?是否当你在说话,
一片甜蜜的语调令人沉迷?
或者是看你在安静地思索,
  默默出神?或者突然起了床,
   你披着长衫,出去迎接晨光,
一路纵跳,不愿意践踏花朵?
也许最好是看你凝神地
  张着红唇聆听,满面爱娇:
但你生得如此讨人欢喜,
  很难说:哪种情致最美妙;

---

① G. A. 威里(Georgiana Wylie),以后为乔治·济慈(济慈弟)之妻。

正如难说哪一位格拉茜①

在阿波罗②前舞得最轻巧。

　　　　　　一八一六年十二月

---

① 格拉茜,大神宙斯的几个女儿的总称。她们司美及快乐等。
② 阿波罗,日神,司艺术。

"哦,孤独"[①]

哦,孤独!假若我和你必须
　同住,可别在这层叠的一片
　灰色建筑里,让我们爬上山,
到大自然的观测台去,从那里——
山谷,晶亮的河,锦簇的草坡,
　看来只是一拃;让我守着你
在枝叶荫蔽下,看跳纵的鹿麋
把指顶花盅里的蜜蜂惊吓。
不过,虽然我喜欢和你赏玩
　这些景色,我的心灵更乐于
　和纯洁的心灵(她的言语
是优美情思的表象)亲切会谈;

---

① 这是济慈第一次发表的诗作,发表在"探索者"上面。

因为我相信,人的至高的乐趣
是一对心灵避入你的港湾。

一八一六年

给我的兄弟们

小小的火苗从新添的煤里
　　欢跳着,它微弱的爆裂声音
　　爬过一片静寂,像冥冥的家神
在对这些友爱的灵魂低语。
当我,为了韵律,向星空觅探,
　　你的眼睛却带着诗意的迷醉
　　注视这本大书,它如此深邃,
常在向晚慰解我们的忧烦。
今天是你的生日,托姆,我
　　很高兴它过得和煦而静谧。
但愿我们能一起度过很多
　　这样充满低语的黄昏,安详地
品尝这世界的真正的欢乐,

直到上帝的声音把我们唤去。

一八一六年十一月十八日

"阵阵寒风"①

阵阵寒风在丛林里低吟，
　树木的叶子半已剥落,枯凋，
　天空的星斗看来那样冷峭，
而我还有很多英里路蹀行。
可是,我一点都没感到寒意，
　也没想到枯叶的飒飒响声，
　或是天空中的盏盏银灯，
或是返家的遥远的距离：
因为我洋溢着友情的温暖，
　是在一间小村屋里,我看到——
金发的密尔顿内心的忧烦，

---

① 这首诗记述济慈对李·汉特的一次访问。他在汉特的"小村屋"里和汉特谈到密尔顿和彼特拉克——他们所喜爱的诗人。

为淹死的李西德①情辞滔滔；
　可爱的劳拉穿着浅绿长衫，
　　忠实的彼特拉克②冠戴荣耀。

一八一六年十月

---

① 密尔顿的同学及友人爱德华·金于航海时淹死，密尔顿曾著诗哀悼。李西德即指爱德华·金。
② 彼特拉克(Petrarch,1304—1374),意大利早期文艺复兴的诗人，以一组爱情诗著称，其中所歌颂的少女即劳拉。

"对于一个久居城市的人"

对于一个久居城市的人,
　看看天空的明媚的面貌,
　对着蔚蓝的苍穹的微笑
低低发声祷告,多么怡情!
他可以满意地,懒懒躺在
　一片青草的波浪里,读着
　温雅而忧郁的爱情小说,
有什么能比这个更愉快?
傍晚回家了,一面用耳朵
　听夜莺的歌唱,一面观看
流云在空中灿烂地飘过,
　他会哀悼白天这样短暂:
它竟像天使的泪珠,滑落

清朗的气层,默默地不见。

一八一六年六月

初读贾浦曼译荷马有感①

我游历了很多金色的国度,
　　看过不少好的城邦和王国,
　　还有多少西方的海岛,歌者
都已使它们向阿波罗臣服。
我常听到有一境域,广阔无垠,
　　智慧的荷马在那里称王,
　　我从未领略它的纯净、安详,
直到我听见贾浦曼的声音
无畏而高昂。于是,我的情感
　　有如观象家发见了新的星座,

---

① 济慈不懂希腊文,这里表示他阅读贾浦曼(G. Chapman,1559—1634?)英译的荷马史诗时所感到的喜悦。据蒲伯说,贾浦曼的译文充满了"大胆而火热的精神"。

或者像考蒂兹,①以鹰隼的眼
　　凝视着太平洋,而他的同伙
在惊讶的揣测中彼此观看,
　　尽站在达利安②高峰上,沉默。

一八一六年十月

---

① 考蒂兹(H. Cortez,1485—1547),探险家及墨西哥的征服者。实则他不是第一个发现太平洋的欧洲人。
② 达利安(Darien),中美洲的海峡。

清晨别友人有感

给我一枝金笔吧,让我靠守
　一柱花,在明媚缥缈的境域;
　给我一块比星星更晶白的
方石,不然就给我天使的手
好把歌颂天庭的银弦弹奏:
　让珍珠的车驾,粉红的衣裙,
　鬈发,明眸的眼,钻石的花瓶,
和半显的翅翼在眼前飘走。
让乐声在我的耳边缭绕,
　而当每一曲悠悠地告终,
　　让我写下哪怕一行辉煌的
音节,充满天庭的百般美妙:
　呵,我的心正攀登多高的高峰!

它不愿这样快就独行踽踽。

　　　　一八一六年十一月

给海登①

高尚的情思,对伟大的声名
　　和对善的爱好,往往出现
　　在默默无闻的人们中间,
在喧嚣的小巷,荒芜的丛林;
我们认为最无知识的人
　　却常常具有"意志的坚贞",
　　这该使放债的、盲昧的一群
感到惊诧、羞愧、无地自容。
无畏的天才呵,孜孜不息,
　　你博得了多么光辉的敬爱!
当一个坚强的志士把恶意

---

① 海登(B. R. Haydon, 1786—1846),英国画家,主要绘宗教及爱国题材的历史画,认为这对国民有巨大的教育意义。但他的画不能在资产阶级社会里售出,终于因忍受不了生活的压迫而自杀。

和嫉妒,都吓得显现了丑态,
相信吧,无数颗心正骄傲于
　　祖国有了他,在无言地喝彩。

　　　　　　　　一八一六年十一月

给 海 登①

伟大的灵魂正寄居凡尘；
　那属于云、瀑布和湖水的人，
　他正守在海尔维林②的高峰
要从天使的翅膀获得清新；
那守着春天、玫瑰和紫罗兰，
　对人微笑，为自由受禁的人，
　呵！他是这样坚定，他决不肯
采用稍逊于拉菲尔③的语言。
还有另一些灵魂，远远站着，
　孤独地，在未来时代的尖端；
他们将给世界另一种脉搏，

---

① 本诗前八行所指的人为华兹华斯、汉特及海登。
② 海尔维林(Helvellyn)，英国北部的山峰。
③ 拉菲尔(Raphael,1483—1520)，意大利文艺复兴时期的伟大画家。

另一颗心。你们难道没听见
那巨大进程的前奏?——
听一听吧,世界该哑口无言。

      一八一六年十一月

蝈蝈和蟋蟀

从不间断的是大地的诗歌:
　　当鸟儿疲于炎热的太阳
　　在树荫里沉默,在草地上
就另有种声音从篱笆飘过;
那是蝈蝈的歌声,它急于
　　享受夏日的盛宴的喜悦,
　　唱个不停;而等它需要停歇,
就在青草丛里稍稍憩息。
呵,大地的诗歌从不间断:
　　在孤寂的冬夜,当冰霜冻结,
　　　　四周静悄悄,炉边就响起了
蟋蟀的歌声,而室中的温暖
　　使人熏熏欲睡,我们会感觉

仿佛是蝈蝈在山坡上鸣叫。

一八一六年十二月三十日

致克苏斯珂[①]

克苏斯珂呵!你伟大的名字
　　是一次丰收集起高贵的感情;
　　对于我们,它是辉煌的乐音
来自天宇:一只永恒的调子。
它告诉了我,在未知的世界中,
　　有些英雄的名字自阴云间
　　爆发出来,变为乐声,就永远
盘旋在星际和无垠的天空。
它又告诉我,在欢乐的日子,
　　当世上行走着善良的精灵,

[①] 克苏斯珂(Kosciusko,?—1817),波兰的爱国志士,曾参加美国独立战争,并为了争取波兰的自由,在一七九二年率领四千人抵抗俄军一万六千人。波兰屈服后,他于一七九四年再起而抵抗俄普联军,失败被俘。被释后卜居伦敦及巴黎,享受着自由战士的荣耀。

你的、阿弗瑞德①的、和古昔
伟人的名字,就会合而产生
一曲响亮的、柔和的赞美诗,
　　它将远远飘荡,直达于上帝。

　　　　　　　一八一六年十二月

---

① 阿弗瑞德(Alfred,849—901),撒克逊王,以开明著称。他曾振兴文学,并译有哲学及历史著作多种。

"快乐的英国"

快乐的英国！我足够满意了，
　不必再看别处的绿草如茵，
　在它传说中的高大的树林，
吹拂的风足够伴着我逍遥。
不过,我还有时郁郁地怀恋
　意大利的天空,我内心渴望
　把阿尔卑斯山当王位坐上,
使我好似忘了世界和人寰。
快乐的英国,它无邪的姑娘
　纯真,妩媚,应该足使我心欢
　　默默挽着她们那洁白的臂膀:
　可是呵,我还时常想要去观看
　　黑眼睛的美女,听她们歌唱,
并且一起在夏日的湖中游荡。

致查特顿[①]

查特顿！忧伤和苦难之子！

呵，你的命运是多么悲惨！

天才和崇高的争论徒然

在你眼里闪烁，过早的死

已使它幽暗！那华严的歌

这么快逝去了！夜这样逼近

你美丽的早晨。一阵寒风

使尚未盛开的小花凋落。

但这已成为过去：而今，你

住在星空，对着旋转的苍穹

[①] 查特顿（T. Chatterton，1752—1770），英国文学史上寿命最短的诗人。他捏造了很多英国古代的文件及著作，伪托若雷之名写了很多诗发表出来，并且写有歌剧上演。但终于因贫困不得意而服毒自杀，死时年仅十七岁。他的诗虽伪托古人之作，但颇见他自己的诗才，以后合订成集，出版多次。

美妙地歌唱,不再受制于
　　人心的忧惧和忘恩的人群。
在地面,好人正捍卫你的名字,
　　并且要以泪水把它滋润。

　　　　　　　　一八一四年

给 拜 伦

拜伦！你的歌声多么甜蜜
　而悒郁，教人心里生出温情，
　仿佛是"悲悯"曾弹低诉的琴，
你听到了，便把那音阶铭记，
使它得以流传。幽暗的悲伤
　并没有使你的魅力减少；
　在你的悲哀上，你给覆盖了
一轮光晕，使它灿然放光，
仿佛是遮住满月的云雾，
　它的边缘镶着耀眼的黄金，
琥珀的光辉从黑袍下透出，
　又似乌云石上美丽的脉纹；
垂死的天鹅呵，请娓娓地唱，

唱你的故事,你悦人的悲伤。

　　　　　　　一八一四年

咏 和 平[①]

和平呵!你可是来祝福
这被战争环绕的海岛,
以你静谧的面容来平复
我们的忧虑,使三邦微笑?
我快乐地迎接你,我欢呼
随你莅临的优美的伴侣,
请不要把我的初愿辜负;
请钟爱那甜蜜的山林仙女,[②]
让英国快乐,欧洲得以自由。
呵,欧罗巴,别使暴君以为
你还得在昔日情况下偷生;

---

① 这首诗是在拿破仑战争刚刚结束时写成的。
② 指自由女神。

说你要自由,把枷锁打碎,
给国王法律,别任他们不驯:
那你才能有更美好的命运!

　　　　　　　　一八一四年

"女人！当我看到你"

女人！当我看到你虚荣、饶舌、
　无常、幼稚、骄傲、充满了梦幻；
　　没有一丝脉脉的柔情装点
你那垂目而闪的动人的光泽，
它既然引起，就该医治心痛：
　呵，尽管如此，我的心还是欢跳，
　我的灵魂也在快乐地舞蹈，
因为我久已冬眠，等待爱情；
可是，当我看到你多情、温和，
　天哪！我会怎样全心去崇拜
你迷人的优美；我渴望充作
　　一个红十字的骑士，卫护在

你的身侧,像凯利多,利安德,①
我真愿和他们似地为你所爱。

一八一五年

---

① 凯利多是斯宾塞"仙后"中的除妖的骑士。利安德为了去会见他所爱的希罗,每夜游泳渡过希腊海峡,终有一夜因遇风暴而淹死。

愤于世人的迷信而作

教堂的钟声在阴沉地振荡,
 它号召人去寻找另一种幽暗,
 另一种希望,更愁惨的忧烦,
以便倾听那可恶的宣讲。
人的头脑一定被某种魔咒
 紧紧缚住了;你不见每个人
 都匆忙地离开炉边的欢欣,
抛下柔情的歌,心灵的感受?
那钟声尽在响,使我几乎
 坠入坟墓散发的阴冷中,
幸而我知道,他们像残烛
 就要完了,这是他们的悲声
 在没落之前,而世界将出生

鲜花,和许多灿烂不朽的事物。

一八一六年十二月

"呵,在夏日的黄昏"

呵,在夏日的黄昏,当晚霞
　　向西方倾注着万道金光,
　　当白云歇在和煦的西风上,
我多愿意远远地、远远抛下
一切卑微的念头,暂时摆脱
　　小小的顾虑,好随处去寻觅
　　芬芳的野景,自然的秀丽,
把我的心灵骗入一刻欢乐。
我愿意用过去的爱国事迹
　　温暖自己的心,冥想锡德尼
冷酷的尸架,密尔顿的命运,①

---

① 锡德尼(P. Sidney,1554—1586),英国诗人及政治家。在与西班牙作战时,受伤而死。密尔顿因反对帝政和参加清教革命,以后皇室复辟时,曾被捕并失去大部分财产。

或许我还能借助诗的羽翼
　而翱翔,并且流洒温馨的泪,
若是嘹亮的忧伤迷住了眼睛。

　　　　　　　　　一八一六年

"漫长的冬季"

漫长的冬季才尽,当浓雾
　不再低压着我们的平原,
　　从温煦的南方就送来晴天,
给病恹的天空除尽了斑污。
这解除了痛苦的日子,急于
　享受权利,已披上五月的感觉,
　　而眼睑却还有寒气在跳跃,
像是玫瑰叶上滴溅的夏雨。
最恬静的思绪浮荡在心上,
　使人想起嫩叶、静静成熟的
果实、屋檐上向晚的秋阳、
　莎弗①的面颊、睡婴的呼吸、

---

① 莎弗(Sappho),古希腊的女诗人,写有很多爱情诗。

沙漏中逐渐滴下的沙子、
森林里的小河、诗人的死。

    一八一七年一月三十一日

写在乔叟"花与叶的故事"的末页空白上

这可爱的故事像个小丛林:
　甜蜜的词句如此翠绿交缠,
　读者关在小小的天地里面
感到如此美妙,他常常全心
停下来浏览,而清凉的露滴
　有时会不意地落在脸上,
　他也可以循着歌声的回荡
看细脚的红雀向何处跳去。
呵,晶莹的单纯是多么动人!
　这文雅的故事多富于魅力!
　而我,尽管总是渴求荣誉,
这一刻,却满足地躺在草中,
　就像那两个孩子,与世隔离,

只有知更鸟听他们的哭泣。①

一八一七年二月

---

① 最后两句影射英国古代民歌的一个故事。那故事说,一个乡绅临死时把一儿一女托付其弟照管,弟弟图财,雇了两个恶徒将两个孩子骗入树林,以便杀死。但恶徒终于不忍下手而遁去。孩子们饿死林中,知更鸟以树叶把他们掩埋起来。

初见爱尔金壁石有感[①]

我的心灵是脆弱的；无常
　　重压着我，像不情愿的梦，
　　每件神工底玄想的极峰
都在告诉我，我必将死亡，
像仰望天空的一只病鹰。
　　可是，哭泣又未免太过分，
　　即使不能凌驾云霄的风
去迎接刚刚睁眼的清晨。
这极尽想象的辉煌之作
　　给我滋生了难言的矛盾：
希腊的光辉终于越过

[①] 希腊神殿的古壁画及雕饰被英国人爱尔金劫至英国，因称为"爱尔金壁石"，置于大英博物馆中。

时流的摧残,眩人心神,
我看见的是灰色的浪波,
　　却也有太阳,有一痕雄浑。

　　　　　　　一八一七年二月

咏 海

沿着荒凉的海岸,它发出
　　永恒的喋喋;有时潮水汹涌,
　　它就加倍淹没了千万岩洞,
直到又被赫凯蒂①的魔符
所迷,复归于喃喃的波声;
　　在这种时候,你往往看到
　　曾由狂飙卷来的小小贝壳
会静止多日,动也不动。
呵,请放眼于大海的广阔,
　　假如你的双目迷惑、厌倦;
假如你的耳朵苦于喧腾
　　或袅袅之音,请坐在洞边

---

① 赫凯蒂,希腊神话中主宰魔咒与鬼魅的女神。

默默沉思吧,直到你一惊:
仿佛有海中仙女在唱歌!

　　　　　　　一八一七年

题李·汉特的诗"理敏尼的故事"

谁若是爱对着早晨的太阳,
　半闭起眼睛,乐于享受闲适,
　他尽可携带这甜蜜的故事
去寻觅草坪和溪水的荡漾;
谁若是爱守望最明亮的星——
　长庚,——他尽可把这诗的音节
　悄悄地念给星光和幽夜,
或月亮,若是她已经在巡行。
谁若懂得这些乐趣,并惯于
　以一笑或一泪去诠释世情,
他会在这诗里找到一片园地——
　他心灵的亭荫,而且会踱进
许多幽径里,看枞树掉果实,

落叶萎黄,还有知更鸟在跳纵。

一八一七年

再读"李耳王"之前有感

哦,金嗓子的传奇,幽静的琵琶!
　美丽的鲛人!缥缈之境的仙后!
　别在冬天鸣啭你诱人的歌喉,
合上你过时的书页,安静吧:
再见了!我得再一次挣扎过
　高昂的人性与永劫之间的
　火热的争执;我得再细心尝试
莎士比亚这枚苦涩的甘果。
主导的诗人!阿尔比安①的云霄!
　你创始了深刻而永恒的主题;
我就要进入你的古橡树林了,
　可别让我梦游得徒然无益:

---

① 阿尔比安(Albion),英格兰或大不列颠的原名。

当我在火里焚烧,请给我装上
凤凰的羽翼,好顺我的愿心飞翔。

一八一八年

"每当我害怕"

每当我害怕,生命也许等不及
  我的笔搜集完我蓬勃的思潮,
等不及高高一堆书,在文字里,
  像丰富的谷仓,把熟谷子收好;
每当我在繁星的夜幕上看见
  传奇故事的巨大的云雾征象,
而且想,我或许活不到那一天,
  以偶然底神笔描出它的幻相;
每当我感觉,呵,瞬息的美人!
  我也许永远不会再看到你,
不会再陶醉于无忧的爱情
  和它的魅力!——于是,在这广大的
世界的岸沿,我独自站定、沉思,

直到爱情、声名都没入虚无里。

一八一八年一月

致尼罗河

背负金字塔和鳄鱼的大河!
 阿非利加的古月山的儿子!
 我们都说你富饶,但同时
我们脑中又浮现一片荒漠。
你养育过多少黝黑的民族,
 岂能不富饶? 或者,你的风景
 难道只使开罗以南的农民
在歇息片刻时,才对你仰慕?
呵,但愿无凭的猜想错了!
 只有愚昧才意度自己以外
都是荒凉。你必润泽一片芦草,
 和我们的河一样;晨曦的光彩
必也沾到你,你也有青绿的岛,

而且,也一定快乐地奔向大海。

一八一八年二月四日

致斯宾塞

斯宾塞！你的一个崇拜者，
　一个深居你的园林中的人，
昨晚要我取悦你的耳朵，
　写一篇或许为你喜爱的英文。
　但是，灵气的诗人呵，请想：
一个卜居冬之大地的人
　怎能像日神展开火的翅膀，
手执金笔，快乐地逍遥一早晨？
　他无法摆脱时令的苦役，
你的鼓舞他还承接不下：
　一朵花必须受土质的培育，
然后才开出灿烂的鲜葩：
　等夏天找我吧，为了敬爱你

和取悦他,①那时我将试一试笔。

一八一八年二月五日

---

① 可能指李·汉特。

给——①

自从我被你的美所纠缠，
　你裸露了的手臂把我俘获，
时间的海洋已经有五年
　在低潮，沙漏反复过滤着时刻。
可是，每当我凝视着夜空，
　我仍看到你的眼睛在闪亮；
每当我看到玫瑰的鲜红，
　心灵就朝向你的面颊飞翔；
每当我看到初开放的花，
　我的耳朵，仿佛贴近你唇际
想听一句爱语，就会吞下

---

① 这首诗所给的人，据说是济慈在狐厅花园中曾偶尔一见的一个女子。

错误的芬芳:唉,甜蜜的回忆
使每一种喜悦都黯淡无光,
你给我的欢乐带来了忧伤。

      一八一八年二月

"但愿一星期能变成一世纪"

但愿一星期能变成一世纪,
　　每周都有感于离别和会见,
那么,颊上会永远闪着情谊,
　　短短的一岁就变成一千年;
要是这样,尽管人生短暂,
　　我们必能长生,时间会无用,
一天的行程会延长和变缓,
　　在朦胧中常保我们的欢情。
但愿每星期一都来自印度,
　　星期二返自地中海的旅程,
那么一瞬间,就有欢乐无数
　　使我们的心灵永恒地激动!
今早和昨晚,朋友,教给了

我该如何珍惜这愉快的思潮。

一八一八年二至三月

人 的 时 令

四个季节循环成为一年,
　人的脑海也有四个时令,
他有他的欢愉的春天,
　由幻想给揽来一切美景;
他有夏季,那时他爱咀嚼
　华丽的春梦,春季的甜品,
他的梦想飞扬得这样高,
　使他最接近天庭;他的心
在秋天有了恬静的港湾:
　那时他折起翅膀,满意于
懒懒望着雾色,满怀冷淡
　让一切流去,像门前的小溪。
他也有苍白而丑陋的冬令,

不然,他就丧失了人的本性。

一八一八年一至三月

致 荷 马

孤独的,被巨大的无知所包围,
　　我耳闻到你和狄洛斯群岛,①
正如一个岸上人,看到海水,
　　或想探视海豚所居的珊瑚礁。
谁说你是盲人!——不,因为约甫②
　　拉开了天帷让你进去卜居,
海神为你支起水泡的帐幕,
　　牧神让蜜蜂给你唱着歌曲。
呵,黑暗底边沿岂不是光亮!
　　悬崖上现出人迹不到的青绿,
子夜里有含苞待放的晨光,

① 狄洛斯(Delos)群岛或赛克莱狄斯群岛,在爱琴海中,希腊神话指为日神阿波罗诞生之地。
② 约甫,罗马神话中的天空之神,相当于希腊神话的宙斯。

盲人的眼睛也另有一种视力。
你就具有这种视觉,像是月神:
她主宰着人间、地狱和天庭。

　　　　　　　　　一八一八年

访 彭 斯 墓[①]

这个小市镇、这墓场、这圆山、
云、树木和夕阳,虽然美丽,
却冰冷、陌生,仿佛我久已
梦见过的,现在重又梦见。
这样短促而苍白的夏天
仿佛只是冬之疟疾的回光,
这星星虽似蓝玉,却不闪亮,
一切美而冷;痛苦说不完:
因为呵,谁像敏诺斯,[②]能体会
美底实体,使它不致染上

[①] 彭斯(R. Burns,1756—1796),苏格兰伟大的诗人。济慈在访问他的坟墓后,给弟弟托姆写信说道:"我在一种奇怪的、半睡的心情下写了这篇十四行诗。我不知道为什么觉得那云彩,那天空,那房子,都是违反希腊风和查理曼风的。"
[②] 敏诺斯是宙斯之子,因为论断公正,死后封为地狱中的最高裁判。

虚弱的想象和可厌的虚荣
所投的暗影！彭斯呵，我常常
敬重你。隐去吧，伟大的阴灵！
我不该把你的家园责备。

     一八一八年七月二日

咏阿丽沙巉岩

喂！你海洋上巉岩的金字塔，
　瀑布几时披上了你的肩膀？
　你的额角几时躲开了太阳？
请以海鸥的叫喊给我回答！
有力的造物主几时让你离开
　海底的梦，把你举上天空的
　睡眠，在雷电或阳光的怀里，
而白云成了你寒冷的被盖？
呵，你不答；因为你在睡眠。

　你一生是两个死寂的永恒：
一端伴着鲸鱼，在海底深渊；
　另一端在巨鹰翱翔的空中！
除非是地震把你拔上青天，

谁能将你巨大的躯体唤醒!

一八一八年七月十日

写于彭斯诞生的村屋

这个寿命不及千日的躯体,
彭斯呵,现在站进了你的小屋,
你曾在这里独自梦想诗誉,
从不知道命运怎样将你摆布。
你的麦汁使我的血液沸腾,
我不禁陶醉了,我头晕目眩,
因为伟大的灵魂在和我对饮:
终于,幻想沉醉地到达终点。
尽管如此,我还能在你的房间
踱来踱去,还能打开窗户
看到你所常常行经的草原,
还能想到你,并且饮酒祝福
你的名字——哦,彭斯,在阴界里
微笑吧,因为这就是人的声誉。

咏 睡 眠

哦,午夜的温馨的安慰者,
　　请用善意的手,小心地合上
这爱幽暗的眼睛,使它躲过
　　光亮,躲进了圣洁的遗忘。
甜蜜的睡眠呵!你的这颂祷,
　　如果你愿意,尽可不必唱完
就闭上我的眼,或者直等到
　　"阿门",再把罂粟洒在我床边。
　　搭救我吧;否则,逝去的太阳
就会照在枕上,滋生忧郁;
　　快让我摆脱开这好奇的心,
它像鼹鼠,最会向黑暗里钻;
　　请轻轻锁上这滑润的牢门,

呵,请封闭我这寂静的灵棺。

　　　　　　一八一九年四月

咏 声 名

声名像个野性女儿,但仍然
　　对朝她奴颜婢膝的人畏缩,
轻浮的小伙子讨她喜欢,
　　淡漠的心才叫她难分难舍;
她是个吉卜赛,不喜欢答理
　　那没有她就活不惬意的人,
而且朝三暮四:别跟她低语,
　　谁谈到她;必然会使她心怀怨恨;
呵,她这吉卜赛,生在奈拉斯①,
　　简直是嫉妒的波提乏②的妻子,
单恋的诗人!你该报她以蔑视;

---

① 奈拉斯,尼罗河的古称。
② 《旧约·创世记》中记载,波提乏的妻子引诱奴仆约瑟不成,恼羞成怒,反诬约瑟,使波提乏把他关进监狱。

艺术家呵!何必为她癫狂、迷醉!
请对她翩然一躬,说声再会,
如果她高兴,自会把你追随。

一八一九年四月三十日

咏声名

你不能又吃糕,又有糕。

——谚　语

多蠢的人！不能冷静地对待
　　他有限的时日,而必得干扰
生命这本书,把每一页涂坏,
　　从而剥夺了他美名的贞操;
这好像是玫瑰把自己摘取,
　　李树摇落了全身花朵的雾,
又像水中的女神顽皮多事,
　　用泥污搅浑她纯净的洞府;
可是呵,玫瑰岂不仍在枝上,
　　等风儿亲吻,等蜜蜂来啜饮?
李树仍旧披着暗红的衣裳,

湖面上也依然铺展着水晶:
那么,何以急于想得救的人
倒信仰一个残酷邪异的神?

　　　　　　一八一九年四月三十日

"假如英诗"①

假如英诗必须被呆板的韵式
　束缚住,而甜蜜的十四行
不管受多少苦,也得戴上锁链;
假如我们必须受一种节制,
　那就让我们给诗底赤脚穿上
编得更精细的草鞋,处处合宜。
让我们把竖琴检查一下,弹弹
每根弦的重音,不断地尝试,
　看怎样能找出最适切的音响。
让我们像米达斯②吝惜金钱

---

① 本诗韵式较复杂,为 12312431234545。这似乎是为了证明其中提出的主张。
② 米达斯,古代弗里吉亚传说中的国王,他求神使他触到的一切都变为黄金,这个愿心虽然实现,他却不再能吃东西了。

那样地珍惜声韵吧,要精于
　　使用每片枯叶去编织桂冠;
这样呵,假如缪斯必须受制,
　　至少是受制于她自己的花环。

　　　　　　　一八一九年二至七月

"白天逝去了"[①]

白天逝去了,它的乐趣也都失去!
　柔嫩的手,更柔的胸,娇音和红唇,
温馨的呼吸,多情的、如梦的低语,
　明眸,丰盈的体态,细软的腰身!
一切违时地消逝了,唉,当黄昏——
　那爱情的夜晚,那幽暗的节日
为了以香帷遮住秘密的欢情,
　正开始把昏黑的夜幕密密编织;
而这时,一朵鲜花,她饱含的魅力
　枯萎了,我眼前的丽影无踪;
枯萎了,我怀抱着的美底形体;
　枯萎了,声音、温暖、皎洁和天庭——

[①] 本诗和以后两首都是写给诗人的恋人范妮·勃朗的。

但今天我既已读过爱情底圣书,
而又斋戒、祈祷过,它该让我睡熟。

　　　　　　一八一九年十至十二月

"我求你的仁慈"

我恳求你的仁慈,怜悯,爱情!
　呵,我要仁慈的爱情,从不诳骗;
要它无邪、专一、别无二心,
　袒开了胸怀——没一点污斑!
哦,让我整个拥有你,整个的!
　那身姿、美色、眼、手和你的吻——
一种甜蜜而次要的爱欲,——
　以及那胸脯:玉洁、温暖、透明、
储有万千乐趣;呵,统统给我:
　你,和你的灵魂,别留一星星;
否则我会死;或者,也许活着,
　成为你悲惨的奴隶,被投进
暗淡苦恼的迷雾里,失去了

生活的情趣、雄心和目标!

一八一九年十至十二月

"灿烂的星"[①]

灿烂的星！我祈求像你那样坚定——
　但我不愿意高悬夜空，独自
辉映，并且永恒地睁着眼睛，
　像自然间耐心的、不眠的隐士，
不断望着海涛，那大地的神父，
　用圣水冲洗人所卜居的岸沿，
或者注视飘飞的白雪，像面幕，
　灿烂、轻盈、覆盖着洼地和高山——
呵，不，——我只愿坚定不移地
　以头枕在爱人酥软的胸脯上，
永远感到它舒缓的降落、升起；
　而醒来，心里充满甜蜜的激荡，

[①] 这是济慈的最后一首诗，写于自英国赴意大利的海船上。

不断、不断听着她细腻的呼吸，
就这样活着——或昏迷地死去。

　　　　　一八二〇年九月二十八日

睡 与 诗

我躺在床上时,睡眠总是不肯
来到我身边,我不知道为什么
不能安息,因为(据我推测)
世上有谁比我更心神平静?
因为我既无疾苦,也无病症。

——乔叟

有什么比夏天的风更温存?
有什么比嗡嗡的蜜蜂更怡情?
它在盛开的花间只停留一瞬,
又快乐地从凉荫飞到凉荫。
什么能静似麝香蔷薇的开放,
远离人的踪迹,在青绿的岛上?
什么比山谷的葱绿更爽人身体?

或者比夜莺的巢更深藏、隐秘？
或者比考德莉亚①的面容更安详？
比骑士小说更充满了幻象？
什么？除了你，睡眠？呵，轻轻闭合
我们眼睛的、催眠曲的低唱者！
你在快乐的枕上轻轻盘旋，
把罂粟花蕾和柳枝编成花环；
你悄悄撩乱了美人的发辫，
又快乐地倾听早晨向你问安：
它祝福你，因为你教眼睛灵活，
使它们能对旭日明亮地闪烁。

但是，什么比你更崇高得无限？
什么比山树上的果实更新鲜？
比天鹅的翅、鸽子和高飞的鹰，
更庄严、美丽、奇异而宁静？
那是什么？我将怎样来比喻？
它有一种荣耀，谁也不能企及：
一想到它，便觉敬畏、甜蜜、神圣，

---

① 莎士比亚悲剧《李耳王》中的女主人公。

驱散了一切凡俗和愚蠢；
它来时有如可怕的雷鸣，
或是大地底层的低沉的轰隆；
有时候，也像温柔的低语
诉说一些奇异事物的秘密；
这秘密就隐约在我们周身，
使我们不由得放眼搜寻，
想看到光中之形，空中之影，
从听不清的赞诗中掠得清音；
想看见月桂花冠悬在半空，
等生命告终，就罩上我们的姓名。
又有时候，它跃自我们的心窝，
给声音添上荣耀：欢乐吧！欢乐！
这声音将直达造物主那里，
在热烈的喃喃中袅袅逝去。

只要谁见过一次太阳的光辉
和云彩，感到自己无所愧对
伟大的造物主，他必然知道
我说的是什么，从而全心欢跃：
因此，我不会使他精神不快，

把他原本知道的再讲出来。

哦,诗歌!我为你拿起了笔,
虽然我,在你广大的天空里
还不是光荣的居民——我可要
跪在某座山顶上,直等我感到
我周身全是灿烂的荣光,
并且把你的歌声不断回荡?
哦,诗歌!我为你拿起了笔,
虽然我,在你广大的天空里
还不是光荣的居民;但恳求你
从你那圣殿吹来清新的空气,
为了迷人,再融以月桂的芬芳,
使我能有一次奢靡的死亡;
那么,我青春的幽灵将会跟踪
晨曦的光线,像新鲜的祭品,
直达伟大的阿波罗;不然,我如若
竟受得住这美感,它必能使我
看到种种仙境:一角树荫处
就是一个乐园,一本永恒的书:
从那里可以抄出很多隽语,

讲着叶和花——讲着林中的仙女
怎样和泉水嬉戏,以及那树荫
怎样给沉睡的少女洒一片静;
还可以从那里抄出很多诗句:
我们必然惊愕,它们如此奇异,
不知来自何方。而且很多幻想
会在我炉边缭绕,我或许能碰上
肃穆的美底幻景:我将喜于
在那里静静游荡,像清澈的
米安得①流过幽谷;只要我发现
迷人的岩洞,或更阴森的林间,
或是青山以鲜花织的锦衣
铺在身上,可爱得令人畏惧,
我就将在我的石板上书写
可写的、赋予人的感官的一切。
那时,我将像巨人一样抓紧
这大千世界的一切,无限欢欣,
直到骄傲地看见在我肩上
生出能够飞往永恒的翅膀。

① 冥府中的河水,以曲折著称。

静静想想吧!生命不过是瞬息;
是从树顶落下的渺小的露滴
所走的险径;是印度人的睡眠,
正当他的船冲向凶险的悬崖,
在芒莫伦西。但何必如此哀伤?
生命是没开的玫瑰的希望;
是同一故事永远不同的诵读;
是少女的面纱的轻轻揭露;
是一只鸽子翻飞在清朗的夏空;
是一个不知忧愁的小学童
骑着一条有弹性的榆树枝。

呵,但愿给我十年,使我得以
浸沉在诗歌里;那我就要去
从事我的心灵所拟定的业绩。
我将到我曾从远方瞻望的
国度去游历,不断品尝那儿的
清纯的甘泉。首先,我要去游逛
花神和老猎神的国度:睡在草上,
以鲜红的苹果和杨梅充饥,

任凭幻想的指引去尽情游戏；
我要在林荫里捕捉玉腕的女神，
从闪躲的面颊追求甜蜜的吻，——
摩弄她们的手指，触摸洁白的臂膀，
以致她们妩媚地一缩，狠狠地
用嘴唇来咬我：终于我们同意
一起读一篇旖旎的人生故事。
有一个仙女会教鸽子轻轻地
为安睡的我扇动清凉的空气；
另一个屈身停下轻捷的步履，
整一整绿色的飘扬的纱衣：
接着仍旧对花和树木微笑，
带着瞬息万变的情致舞蹈；
另一个招着手，悄悄引我行经
杏花丛和芬芳的肉桂树林，
最后走进一个绿叶世界的怀抱，
我们静静地歇下来，像贝壳
所深藏的两颗珍珠，伏在一起。

呵，我怎能抛下这许多乐趣？
是的，我必须舍弃它们去寻找

更崇高的生活；从而看到
人心的痛苦和冲突；因为，哦！
我看见远天上，一驾飞速的马车
驰过崎岖的蓝色——驾车的人
带着辉煌的恐惧探望着风：
一会儿在一片巨云的峰顶
轻颤地踏了过去，一会儿他们
又敏捷地驶进另一片青天，
车轮被太阳的光辉染成银环。
在下坡时，他们更快地奔跑；
忽而我见他们在绿色的山脚
歇了下来；在摇摆的花梗中间，
驾车者以奇异的手势对山峦
和树木谈话；转瞬间，在那里
出现了喜悦、神秘、恐惧底形体，
它们在一片橡树林的阴影前
迅速掠过，仿佛它们是在追赶
飘飞的乐音。哦！看它们正怎样
低声喃喃，哄笑，喜悦，或悲伤：
有的举起手来，嘴角严肃；
有的以双手把面孔遮住

直遮到耳朵;有的青春盛年,
欣喜而微笑地穿过了幽暗;
有的频频回顾;有的抬头仰视;
是的,千万形体以千万种方式
掠过去——一会儿,可爱的一圈
小姑娘,把光润的头发跳得纷乱;
又一会伸出翅膀。赶马的车夫
身子向前倾侧,凝神而严肃,
仿佛他在谛听:哦,我多想知悉
他在一闪烁间记下的东西。

幻象飞散了——车驾已消失
在天庭的光辉里,接着来的是
更顽强的现实事物的感觉——
它像是浑浊的水流,要拖曳
我的心灵直抵虚无:但我却要
排除一切疑虑,只清晰地记牢
那驾车,和它所走的奇异旅程。

难道如今,人的精神能力已经
如此微弱有限,崇高的幻想

再也不能像自己以往那样
自由地翱翔？再也不能备好坐骑，
向光明迈出，作出神奇的业绩
在云端上？难道我们不曾见她①
自澄澈的大气以至初开的花
所发的芬芳里？自约甫的蹙额
以至四月草原的一片绿色？
即使在这个岛上，她的神坛
也曾辉煌；谁曾胜过这个合唱班？②
它唱过热烈而和谐的歌，这歌声
直达天宇，就在那儿永远形成
巨大的回旋之音，有如行星；
有如行星环绕着眩人的真空
永恒地运转。呵，在过去那时日，
缪斯们岂非如此载满了荣誉？
她们整日无所事事，除了高歌，
除了把她们的鬈发轻轻抚摸。

难道这一切都遗忘了？是的，

---

① "她"指"崇高的幻想"。
② 指乔叟及伊丽莎白时代的诗人们。

由盲昧主义和浮华所培育的
一个教派,①使阿波罗对这片领地
感到羞惭。那不解他的荣耀的,
被认为智者:他们骑着一只木马,
使尽了稚弱的力气摇动它,
当它是彼加斯。② 噫,心灵多渺小!
天空的风在吹,凝聚的海涛
在滚转——你们却不见。蔚蓝的天
袒露着永恒的胸怀,在夏晚
露水静静地凝聚,为了使清早
更为珍奇:美普遍地苏醒了!
何以你们总是不醒? 但你们
对你们不知的事物无动于衷,
只守着发霉的教条,又充塞以
邪恶的法规和鄙陋的戒律。
你们教一群愚人把诗句磨光、
切割、镶配,使它们像雅各的魔枝③

① 指违反伊丽莎白诗歌传统的十八世纪古典主义派。
② 彼加斯,诗神所骑的神马,灵感的象征。
③ 《圣经·创世记》载:"雅各拿杨树杏树枫树的嫩枝,剥皮,剥成纹理,使枝子露出白的来,将剥了皮的枝子插在饮羊的水沟和水槽里,对着羊,羊来喝的时候,牝牡配合,羊对着枝子配合,就生下有纹理的、有点的、有斑的羊羔来。""雅各的魔枝"就是指的这种树枝。

配合起来。这工作真太容易:
成千工匠都戴上了诗底面具:
呵,倒霉的、邪恶的一族! 凌犯了
光辉的抒情诗人,却还不知道!
不,他们到处招摇,举着一支
破旧的、标以浮浅口号的旗帜,
上面写着什么波瓦洛①的姓名!
哦,本该在我们可爱的山林中
翱翔的一群! 你们全体的庄严
早就充满了我虔诚的心坎,
在这不洁的地方,离那些人太近,
我无法缕述你们崇高的姓名;
他们的无耻岂不使你们惊异?
我们古老的幽怨的泰晤士
岂不曾取悦你们? 你们岂不曾
聚在优美的爱万,②同发出悲声?
你们可是永别了这个地方,
因为桂花不再在这儿生长?

---

① 波瓦洛(Boiieau,1636—1711),法国古典主义的理论大师。
② 莎士比亚故乡的河流。

或是你们还留着,只等欢迎
一些孤寂的心灵把青春
骄傲地唱完,然后就死去?①
呵,正是这样;但让我别再提起
悲惨的时代吧:时光如此美好;
你们正给了我们热切的祝祷;
你们已经编起新鲜的花环:
因为,在很多地方都可以听见
甜蜜的乐音;——呵,有的被天鹅的
黑喙唤醒了,②走出了湖中的
水晶的房屋;在安谧的谷中,
从那静静栖息的密树丛
也漾出笛声;大地正浮荡着
悦耳的音调:你们欢欣而快乐。

这是无疑的;可是,我们也听见
奇怪的雷鸣从诗底内部发散,
固然,由于不凡,那声音也混有

---

① 指诗人查特顿。
② 据推测:指华兹华斯。

美妙和雄浑的因素,但仍旧——
那些主题显然是丑陋的棍棒,①
诗人波里菲姆②们把辉煌的海洋
搅乱了。诗本是光之无尽竭的
洒落;诗是最崇高的神力,
支着自己的右手,半睡半醒。
只要她魅人的眼皮动一动,
千万志愿的使者就会来效力,
而她只以温煦的王笏治理。
但单纯的力,虽然是缪斯所生,
却像堕落的天使:惟有黑暗、蛆虫、
掘倒的树木、祭坛和尸衣,
使它心欢;因为它以生之荆棘
和粗糙的磨石为滋养;③忘记了

------

① "棍棒"(clubs)一词,以及随后的一句,颇为费解,因此有的校订家以为必有勘误处。这里系照西林考特的版本及解释译出。
② 波里菲姆是一个独眼巨人,把漂流的攸利西斯拘留在他的岩洞里,每日吃下他的两个伙伴。攸利西斯设计弄瞎他的眼睛,得以脱逃。这里似指:诗人们也像波里菲姆一样,是巨人,有超人之力,但也和波里菲姆似的瞎了眼睛,无法善用其精力,只好以棍棒(主题)把诗的(或人生的)海洋胡搅一通。
③ 这以上所形容的可能是拜伦;济慈虽然早年崇尚拜伦,但后者的充满狂暴热情的阴郁诗歌逐渐为他所不喜。在以下一段中,他歌颂了像汉特那样的恬静的诗作,以与此对照。

诗该是人的朋友,它伟大的目标
是宽慰忧虑,提高人的情思。

可是我也欢欣:因为从苦艾里
生出了桃金娘,胜过帕弗斯①
有过的花,它正甜蜜地伸入空气,
把新抽的绿喂给寂静的空间。
小鸟都把它看作可爱的屏藩,
穿跃浓荫中,扇动着翅膀,
一面啄食小盅花,一面歌唱。
让我们从它的嫩茎旁斩除
那窒息它的荆棘吧,让年轻的鹿
(在我们飘逝后诞生的一群)
在它下面找到新鲜的草坪
和朴素的花吧:那儿会非常静,
只能听见恋人屈膝的声音;
也没有一点俗气,除了有人
倚着合上的书本,满面从容;
更没有什么比山坳间的草坡

---

① 帕弗斯,地名,美神维纳斯的奉祀地。

更喧哗。呵,向美好的希望祝贺!
让幻想,像她经常那样,走到
许多最可爱的迷宫里逍遥;
让凡能说故事的,就成为诗王,
只要他单纯的事物使心灵舒畅。
但愿我在死前收获这些乐趣!

会不会有人说,我是在呓语?
是否认为在耻辱临头以前,
我顶好藏起自己愚痴的脸?
埋怨的少年要想不遭雷击,
最好恭敬地屈身?呵,去它的!
如果我隐藏,我要把自己
藏在诗底庙堂,诗底灵光里:
如果我倒下了,至少我要躺下
在白杨树阴的一片静谧下;
我墓前的青草会修剪得整齐,
一块纪念的石碑在那儿竖立。
呵,去吧,沮丧!卑鄙的毒素!
凡是每一刻都在渴望和追逐
崇高目的的人,不会尝到你。

尽管上天没有给我很多急智,
尽管我不能知道巨大的风
把人类变幻的思想向哪里吹动;
尽管我没有雄伟济世的智力,
从而把人类灵魂的幽暗秘密
化为清楚的思维:但在我面前
永远波动着一个巨大的概念,
我从它得到自由;从而我也看出
诗底终极和目标。它像真实之物
一样清晰,像一年由四季更替——
像老教堂屋顶上的大十字
高耸入白云那样明显。所以,
若果我真是懦夫,有意歪曲,
在我说出我大胆想到的话时,
可曾眨一眨眼?呵,宁可像疯子,
让我冲下悬崖吧;宁可让太阳
熔化我的狄德勒斯的翅膀,①
使我痉挛地向下跌落!哦,打住!

---

① 据古代神话:狄德勒斯以蜡和羽毛制成翅膀,他的儿子插上这种翅膀飞翔,因为接近太阳而致熔化,落海而死。

内心告诉我,我何必如此激怒?
一片幽暗的海洋,许多海岛,
可畏地展示在我眼前。这需要
多少劳力、时间、挣扎和奔忙,
才能探知它一切辽阔的地方!
呵,多大的辛苦!我尽可以屈身
否认已说过的话——但怎么行!
怎么行!

　　　　为了稍稍松一口气,
我要说些琐事,让这不像样的
试作,以高雅始,却如此告终。
现在,我的胸中已复归平静:
我整个的心期望友好的援助
给我铺平光明正直的道路;
期望友善:彼此福利底保姆。
我期望衷心的握手给头脑注入
一首优美的十四行,以及那种
使诗韵得以畅流的一片安静;
还有,当诗吟成时,那可喜的会集:
必定送个信,明天一定聚齐。
或许还可以取一本珍爱的书,

等我们再会时,围着它阅读。
我不能写下去了;呵,优美的音响
像成双的鸽子在室内翱翔;
我忆起那可喜一日的欢乐,
那时我的感官初尝它们的柔波。
这声音使我想起那优美的画:
一群人坐在马车上,庄严、潇洒,
因急驰而倾着身,——柔润的手指
分着光泽的鬈发;——巴克科斯①
从车上急跳下来,他的眼睛
直使阿里阿德涅的面颊赤红。
正是这样,每当我打开画页,
我记起歌声的美妙的流泻。

像这样的事物永远会引动
一串和煦的形象:天鹅的颈
隐蔽在芦苇里,轻轻摇曳;
一只红雀惊吵了树丛里的一切;

---

① 巴克科斯,酒神。阿里阿德涅被弃后意图自尽,他援救了她,娶她为妻。这里在形容一幅画。

一只蝴蝶,展着金色的双翼,
停在玫瑰花上,仿佛由于狂喜
而痛楚地颤动;——还有很多,很多,
我可以怀着乐趣细细讲说。
但是呵,我怎能忘记那静静的
围以罂粟花的睡眠:因为,这里
假如我写了什么像样的诗行,
都该部分地归功于它:就这样,
温煦的乐声被同样甜蜜的静谧
所替代,而我在卧榻上憩息,
开始追忆那愉快的一天。那是
一个诗人的家,①其中有把钥匙
为我打开喜悦底庙堂。在屋里,
四壁悬挂着曾在过去的世纪
高歌过的诗人的光辉身影——
他们彼此微笑着,神圣而冷静。
呵,快乐的人! 能把珍贵的声名
寄托给晴朗的未来! 在室中

---

① 济慈是住在李·汉特的家中写成本篇诗的。自此至篇终,都在描写汉特书室中的墙画和艺术装饰品。

还有牧神和林神拿箭对着
密密藤叶间的圆润的苹果,
只等射中时,一个跳纵,用手指
把果子接住。我还看到大理石
建筑的庙宇,一群仙女正越过
草地向那里走去。其中有一个
最美的,以玉手指着耀目的旭日;
有两姊妹弯下秀丽的身躯
从两边去扶一个跌倒的儿童;
有一些少女正在注意聆听
笛声的有似露珠的滚滚流动。
看呵,在另一幅画里,仙女们
正轻轻洗拭狄安娜[①]的手足;
在浴池边,一叠细麻的衣服
浮一角在水里,随着晶莹的荡漾
轻轻地颤动:好像是海洋
在石岸上缓缓涌来了波涛,
使耐心的野草又一次飘摇;
而现在,既然泡沫不来推耸,

---

① 狄安娜,月底女神。

草儿又在波动着寻求平衡。

莎弗和蔼的面容对着空间
淡淡微笑,仿佛那一顷刻间
深思底皱眉刚刚离开了
她的前额,她又为寂寞所围绕。
还有伟大的阿弗瑞德,露着
焦灼而怜悯的眼神,像在听着
世界的叹息;还有克苏斯珂的
痛苦而憔悴的脸——异常悲凄。
彼特拉克从树荫里走出来
看到劳拉,不胜惊羡;竟移不开
注意她的眼睛。呵,他们多快乐!
因为在他们肩上,自由地张着
一对翅膀,而诗底灿烂光辉
闪耀在他们之间:我又怎能描绘
她从她的宝座所看到的景象!
只要我意识到我处在的地方,
睡眠就会躲开;更何况,在我内心
不断的思绪使感情烧个不停;
因此我一夜未眠,但我仍然

为晨光所惊醒,我起来,新鲜、
愉快而兴奋,当天就决定了
写下这些诗句,无论好与不好,
那只有随它们去吧,正好像
做父亲的放任他的孩子一样。

一八一六年

附记:本诗最初的四十行,解释了"睡"与"诗"两种意境,并将未醒的精神与觉醒的诗的精神作了对比。自第八十五行("静静想想吧")至一百六十四行,济慈写出诗歌在他心目中所经历的阶段,也就是列出他自己的发展过程。一百二十二至一百六十四行似在表示"(一)只有在同情地理解人性以后,人才能与自然交感不隔并获知其秘密的美;对自然与人生的理解是互通的,相互作用的;(二)认识了自然所显示的理想以后,恶浊的生活现实更显得尖锐而不可忍受,要不是有幻想——它使诗人心中的理想得以不死,使他免致绝望——支持的话。"(西林考特)从一百六十五至二百一十五行,写出诗人对当代诗坛的不满并对十八世纪的古典主义倾向提出尖刻的批评,这批评曾引起拜伦等人的反击。由二百一十六行所起的一段,可能是致伊丽莎白时代的诗人们,并提出当前的欢愉景色。此后大致缕述诗人的信念和愿心。最后的六十余行列举汉特书室的艺术陈设。——译者

夜 莺 颂

1

我的心在痛,困顿和麻木
    刺进了感官,有如饮过毒鸩,
又像是刚刚把鸦片吞服,
    于是向着列斯[①]忘川下沉;
并不是我嫉妒你的好运,
    而是你的快乐使我太欢欣——
        因为在林间嘹亮的天地里,
        你呵,轻翅的仙灵,
你躲进山毛榉的葱绿和阴影,
    放开了歌喉,歌唱着夏季。

[①] 列斯,冥府中的河,鬼魂饮了它便忘记前生的一切,亦译"忘川"。

2

唉,要是有一口酒!那冷藏
　　在地下多年的清醇饮料,
一尝就令人想起绿色之邦,
　　想起花神,恋歌,阳光和舞蹈!
要是有一杯南国的温暖
　　充满了鲜红的灵感之泉,
　　　　杯沿明灭着珍珠的泡沫,
　　　　　　给嘴唇染上紫斑;
　　哦,我要一饮而悄然离开尘寰,
　　　　和你同去幽暗的林中隐没:

3

远远地、远远隐没,让我忘掉
　　你在树叶间从不知道的一切,
忘记这疲劳、热病和焦躁,
　　这使人对坐而悲叹的世界;
在这里,青春苍白、消瘦、死亡,

而"瘫痪"有几根白发在摇摆；
　　在这里,稍一思索就充满了
　　　　忧伤和灰眼的绝望,
而"美"保持不住明眸的光彩,
　　新生的爱情活不到明天就枯凋。

4

去吧！去吧！我要朝你飞去,
　　不用和酒神坐文豹的车驾,
我要展开诗歌底无形羽翼,
　　尽管这头脑已经困顿、疲乏；
去了！呵,我已经和你同往！
　　夜这般温柔,月后正登上宝座,
　　　　周围是侍卫她的一群星星；
　　　　但这儿却不甚明亮,
除了有一线天光,被微风带过
　　葱绿的幽暗,和苔藓的曲径。

5

我看不出是哪种花草在脚旁,
　　什么清香的花挂在树枝上;
在温馨的幽暗里,我只能猜想
　　这个时令该把哪种芬芳
赋予这果树,林莽,和草丛,
　　这白枳花,和田野的玫瑰,
　　　这绿叶堆中易谢的紫罗兰,
　　　　还有五月中旬的娇宠,
这缀满了露酒的麝香蔷薇,
　　它成了夏夜蚊蚋的嗡嗡的港湾。

6

我在黑暗里倾听;呵,多少次
　　我几乎爱上了静谧的死亡,
我在诗思里用尽了好的言辞,
　　求他把我的一息散入空茫;
而现在,哦,死更是多么富丽:

在午夜里溘然魂离人间,

　　当你正倾泻着你的心怀

　　　发出这般的狂喜!

你仍将歌唱,但我却不再听见——

　　你的葬歌只能唱给泥草一块。

7

永生的鸟呵,你不会死去!

　　饥饿的世代无法将你蹂躏;

今夜,我偶然听到的歌曲

　　曾使古代的帝王和村夫喜悦

或许这同样的歌也曾激荡

　　露丝①忧郁的心,使她不禁落泪,

　　　站在异邦的谷田里想着家;

　　　就是这声音常常

　　在失掉了的仙域里引动窗扉:

---

① 据"旧约",露丝是大卫王的祖先,原籍莫艾伯,以后在伯利恒为富人波兹种田,并且嫁给了他。

一个美女望着大海险恶的浪花。①

8

呵,失掉了!这句话好比一声钟
 使我猛省到我站脚的地方!
别了!幻想,这骗人的妖童,
 不能老耍弄它盛传的伎俩。
别了!别了!你怨诉的歌声
 流过草坪,越过幽静的溪水,
  溜上山坡;而此时,它正深深
   埋在附近的豁谷中:
 噫,这是个幻觉,还是梦寐?
  那歌声去了:——我是睡?是醒?

一八一九年五月

---

① 中世纪的传奇故事往往描写一个奇异的古堡,孤立在大海中;勇敢的骑士如果能冒险来到这里,定会得到财宝和古堡中的公主为妻。这里讲到,夜莺的歌会引动美人打开窗户,遥望并期待她的骑士来援救她脱离险境。

希腊古瓮颂

1

你委身"寂静"的、完美的处子,
　　受过了"沉默"和"悠久"的抚育,
呵,田园的史家,你竟能铺叙
　　一个如花的故事,比诗还瑰丽:
在你的形体上,岂非缭绕着
　　古老的传说,以绿叶为其边缘,
　　　讲着人,或神,敦陂或阿卡狄?①
呵,是怎样的人,或神!在舞乐前

---

① 敦陂(Tempe),古希腊西沙里的山谷,以风景优美著称。阿卡狄(Arcady)山谷也是牧歌中常歌颂的乐园。

多热烈的追求！少女怎样地逃躲！
    怎样的风笛和鼓铙！怎样的狂喜！

2

听见的乐声虽好，但若听不见
    却更美；所以，吹吧，柔情的风笛；
不是奏给耳朵听，而是更甜，
    它给灵魂奏出无声的乐曲；
树下的美少年呵，你无法中断
    你的歌，那树木也落不了叶子；
    鲁莽的恋人，你永远、永远吻不上，
虽然够接近了——但不必心酸；
    她不会老，虽然你不能如愿以偿，
    你将永远爱下去，她也永远秀丽！

3

呵，幸福的树木！你的枝叶
    不会剥落，从不曾离开春天；
幸福的吹笛人也不会停歇，

他的歌曲永远是那么新鲜；
呵,更为幸福的、幸福的爱!
永远热烈,正等待情人宴飨,
　　永远热情地心跳,永远年轻；
幸福的是这一切超凡的情态:
　　它不会使心灵餍足和悲伤,
　　　没有炽热的头脑,焦渴的嘴唇。

4

这些人是谁呵,都去赴祭祀?
　　这作牺牲的小牛,对天鸣叫,
你要牵它到哪儿,神秘的祭司?
　　花环缀满着它光滑的身腰。
是从哪个傍河傍海的小镇,
　　或哪个静静的堡寨的山村,
　　　来了这些人,在这敬神的清早?
呵,小镇,你的街道永远恬静；
　　再也不可能回来一个灵魂
　　　告诉人你何以是这么寂寥。

5

哦，希腊的形状！惟美的观照！
　上面缀有石雕的男人和女人，
还有林木，和践踏过的青草；
　沉默的形体呵，你像是"永恒"
使人超越思想：呵，冰冷的牧歌！
等暮年使这一世代都凋落，
　只有你如旧；在另外的一些
　忧伤中，你会抚慰后人说：
"美即是真，真即是美，"这就包括
　你们所知道、和该知道的一切。

一八一九年五月

幻　想

哦,让幻想永远漫游,
快乐可不能被拘留:
只要一碰,甜蜜的快乐
就像水泡被雨点打破;
那么,快让有翅的幻想
随着思想的推展游荡:
打开脑之门吧,这只鸟
会冲出,飞到云端缭绕。
哦,甜蜜的幻想!放开她,
夏季之乐已日久无华;
春天又能够享受多久?
它已经随着落花流走;
秋天的果实固然迷人,
从雾里透出露水红唇,

但尝尝就够:那怎么办?
还是请你坐在炉边,
看着干柴熊熊地燃烧,
像冬夜的精灵在欢跳,
而死寂无声的田野
覆盖着一层平整的雪,
正被农夫的厚靴踢乱;
这时候,当子夜、白天
正秘密地聚在一起
阴谋把黄昏逐出天宇,
你尽可坐下,让心田
一片肃穆,远远地派遣
幻想,给她一个使命,
她自有属下替她执行;
尽管严寒,她会给带来
大地已丧失的华彩。
呵,她会全部带给你
又是夏令的各种乐趣,
又是五月的蓓蕾,蛊花,
从荆棘或草上摘下;
还有秋日的一切财富,

像是一种神秘的脏物；
她将把所有的乐趣
像三味好酒合在一起，
饮干它吧：——你会听到
隐隐的收割者的歌谣，
谷穗的沙沙的声音，
还有小鸟在歌唱清晨；
而同时，听！那是云雀
鸣啭在早春的四月，
或是乌鸦不停地咭噪，
忙于寻索树枝和稻草。
只消一眼，你就会看见
雏菊，金盏花，和篱边
初开的樱草，点点黄色，
还有白绫的野百合，
还有紫堇，五月中旬的
花后，在树阴里隐蔽；
那每一片叶，每一朵花
都在同一阵雨露下
挂上珍珠。你还会看见
田鼠在窥视，不再冬眠；

蛰居的瘦蛇见了阳光，
把它的皮脱在河岸上；
你会看见在山楂树上，
静静地，雌鸟的翅膀
正覆在生苔的巢里，
把有斑点的卵孵育；
而后飞来了一群蜜蜂
就引起骚乱和惊恐；
成熟的橡实打在地上，
秋风正在轻轻地歌唱。

哦，甜蜜的幻想！放开她，
万物都日久而失华：
哪里有不褪色的人面？
哪一个少女百看不厌？
她的红唇会永远新鲜？
她那眼睛，无论多蓝，
怎能够长久保持魅力？
哪儿有一种柔声细语，
能够听来永远不变？
哪个人能够永远看见？

只要一碰,甜蜜的快乐
就像水泡被雨点打破。
那么,快让有翅的幻想
给你找个中意的姑娘,
让她有美妙的眼睛
妩媚得像普洛斯嫔,①
因为痛苦之神还未教她
怎样皱眉,怎样责罚;
要让她的腰身洁白
有如希比,②让她的腰带
脱落金钩,上衣落到脚前,
手里拿着青春的金盏——
而约甫醉了。呵,快解开
纠缠着幻想的丝带;
只要打碎了她的牢狱,
她就会带来各种乐趣。
哦,让幻想永远漫游,

---

① 据希腊神话,普洛斯嫔是一个美女,被地狱之神普鲁东盗去,成为冥后。
② 希比是天神宙斯(约甫)和赫拉之女,主宰青春的女神。她经常在诸神之前侍酒。

快乐可不能被拘留。

一八一八年八至十二月

颂　诗[①]

歌唱"情欲"和"欢乐"的诗人
人间留下了你们的灵魂!
你们是否也逍遥天上,
同时生存在两个地方?
是的,你们的在天之灵
成了太阳和月亮的知心,
伴着神异的喷泉喧响,
和雷的鸣声一起振荡;
你们和天庭的树叶低语,
你们彼此会谈,恬静地
坐在极乐园的草地上,

[①] 本诗是写在英国十七世纪剧作家波芒和弗莱齐(Beaumont and Fletcher)的悲喜剧"旅店中的美女"的空白上面的。

以蔚蓝的花朵作屏障；
在那儿,月神的鹿在吃草,
雏菊发出玫瑰的味道,
而玫瑰另有一种香气
是人间未曾有过的馥郁；
夜莺在那儿所唱的歌
不是毫无意义的欢乐,
而是悦耳的至高的真理,
是智慧的悠扬的歌曲,
是金色的历史和掌故
把天庭的秘密一一吐露。

呵,就这样,你们住在天空,
但在地面你们也生存；
你们的遗魂告诉了世人
怎样前去把你们访寻,
寻到灵魂的另一个居处,
看你们欢乐,从不餍足。
在这儿,你们尘世的灵魂
还在叙述自己的一生,
讲着那短短的一个星期:

爱和恨,忧伤和欢喜,
讲着自己的耻辱和光荣,
什么慰藉,什么在刺痛。
就这样,你们每天都教人
智慧,虽然早已飘逝无踪。

歌唱"情欲"和"欢乐"的诗人,
人间留下了你们的灵魂!
你们是否也逍遥天上,
同时生存在两个地方?

一八一八年八至十二月

咏"美人鱼"酒店①

呵,亡故的诗人的幽灵,
你们看过哪个青苔洞,
哪个极乐世界或桃源,
比得上"美人鱼"酒店?
你们饮过哪种仙品
比它那葡萄酒更芳醇?
是否天堂里的花果
有一种美味能胜过
它的鹿肉饼?呵,美味!
好像罗宾汉就会
用角杯盛上这种饮料,

---

① "美人鱼"酒店是伦敦最早的一家文人荟萃的酒店,莎士比亚、约翰·敦(John Donne,1571—1631)、波芒和弗莱齐常到那里去。

和他的姑娘痛饮通宵。

我听说,有一天,老板,
他的招牌被刮上天,
没有人知道飞往哪里,
直到星象家的鹅毛笔
在羊皮纸上讲了出来,
据说,他看见你很光彩,
正坐在另一家老字号
啜饮着神仙的饮料,
并且保证要把"美人鱼"
开设在黄道十二宫里。

呵,亡故的诗人的幽灵,
你们看过哪个青苔洞,
哪个极乐世界或桃源,
比得上"美人鱼"酒店?

一八一八年

罗宾汉[1]

——致一友人

是的!那个时代消逝了,
它的时刻已经苍老,
它的每一分钟都埋在
多年的落叶下,任未来
把它践踏一遍又一遍;
多少次了,冬季的刀剪,
冷峭的东风,北国的严寒,
带给林中落叶的华筵
一阵骚动,呵,早自人类
还不知道有所谓租税。

[1] 罗宾汉是英国民间传说的侠盗,约生于十三世纪,有不少民歌及故事记述他及他的同伙。他体现了过去人民爱自由及反抗不合理社会的理想。

是的,喇叭已经不响了,
铮鸣的弓也没有了,
角笛的尖声已经沉寂,
越过荒原,没入群山里;
林中再也听不见大笑——
一脉回音断续地飘,
使哪个村夫感到诧异:
荒林深处有谁在打趣!

在六月的美好的时光,
你可以趁着太阳、月亮、
或七颗星座的光明,
或借着北极光的指引,
尽你去走,你不会遇见
勇敢的罗宾,或小约翰;
你不会遇到任何好汉
用手弹着一只空铁罐,
沿着绿径自在逍遥,
口哼一支猎人的小调,
去找他的女主人"欢乐",

在纯特草原边上经过；
因为呵,他已经遗留
一个快乐的故事下酒。

完了,化装舞会的欢腾,
完了,甘米林①的歌声,
完了,那无畏的强盗
不再在绿林里逍遥；
一切去了,一切都不见!
即使罗宾汉呵,突然
跳出他青草的坟头,
即使玛丽安又能够
在树林里消磨时光,
她会哭的,而他会发狂,
因为他所有的橡树
都已成为造船的大木
在咸涩的海上腐烂,
她会哭泣,因为再也不见
蜜蜂对她歌唱——多惊奇!

① 甘米林是乔叟"甘米林的故事"中的绿林英雄。

没有钱就得不到蜂蜜!

好吧:但让我们唱一遍,
纪念那古老的弓弦!
向角笛和绿色的森林,
向林肯镇的布衫致敬!
唱一唱弓手的神箭,
还有短小精悍的约翰
和他那马儿。且让我们
向勇敢的罗宾汉致敬,
他正在灌木丛里安眠!
还有他的姑娘玛丽安,
和舍伍得的一伙好汉!
尽管他们的日子不再,
让我们唱支歌儿开怀。

一八一八年二月

秋 颂[①]

1

雾气洋溢、果实圆熟的秋,
  你和成熟的太阳成为友伴;
你们密谋用累累的珠球
  缀满茅屋檐下的葡萄藤蔓;
使屋前的老树背负着苹果,
  让熟味透进果实的心中,
   使葫芦胀大,鼓起了榛子壳,
  好塞进甜核;又为了蜜蜂
一次一次开放过迟的花朵,

[①] 本诗有些词句,参照了朱湘"番石榴集"的译文。

使它们以为日子将永远暖和,
　　因为夏季早填满它们的粘巢。

2

谁不经常看见你伴着谷仓?
　　在田野里也可以把你找到,
你有时随意坐在打麦场上,
　　让发丝随着簸谷的风轻飘;
有时候,为罂粟花香所沉迷,
　　你倒卧在收割一半的田垄,
　　　让镰刀歇在下一畦的花旁;
或者,像拾穗人越过小溪,
　　你昂首背着谷袋,投下倒影,
　　或者就在榨果架下坐几点钟,
　　　你耐心瞧着徐徐滴下的酒浆。

3

呵,春日的歌哪里去了?但不要
　　想这些吧,你也有你的音乐——

当波状的云把将逝的一天映照,
　　以胭红抹上残梗散碎的田野,
这时呵,河柳下的一群小飞虫
　　就同奏哀音,它们忽而飞高,
　　　忽而下落,随着微风的起灭;
篱下的蟋蟀在歌唱;在园中
　　红胸的知更鸟就群起呼哨;
　　而群羊在山圈里高声咩叫;
　　　<u>丛</u>飞的燕子在天空呢喃不歇。

　　　　　　　一八一九年九月十九日

忧 郁 颂

1

不,不要去到忘川吧,不要
　　拧出附子草的毒汁当酒饮,
无须让普洛斯嫔的红葡萄——
　　龙葵,和你苍白的额角亲吻;
别用水松果壳当你的念珠,
　　也别让甲虫或者飞蛾充作
　　　　哀怜你的赛姬①吧,更别让夜枭
做伴,把隐秘的悲哀诉给它听;

---

① 赛姬,据希腊神话,是国王的女儿,为爱神丘比特所恋,但因以灯盏的热油烫伤了爱神,他一怒而去。赛姬悲哀地到处寻找他,经过许多困苦,最后如愿以偿。

因为阴影不宜于找阴影结合,
　　那会使心痛得昏沉,不再清醒。

2

当忧郁的情绪突然袭来,
　　像是啜泣的阴云,降自天空,
像是阵雨使小花昂起头来,
　　把青山遮在四月的白雾中,
你呵,该让你的悲哀滋养于
　　早晨的玫瑰,锦簇团团的牡丹,
　　　或者是海波上的一道彩虹;
或者,如若你的恋女①生了气,
　　拉住她的柔手吧,让她去胡言,
　　　深深地啜饮她那美妙的眼睛。

3

　　和她同住的有"美"——生而必死;

---

① 指"忧郁"。

还有"喜悦",永远在吻"美"的嘴唇
和他告别;还有"欢笑"是邻居,
　　呵,痛人的"欢笑",只要蜜蜂来饮,
它就变成毒汁。隐蔽的"忧郁"
　　原在"快乐"底殿堂中设有神坛,
　　　虽然,只有以健全而知味的口
　　咀嚼"喜悦"之酸果的人才能看见;
他的心灵一旦碰到她的威力,
　　　会立即被俘获,悬挂在云头。

　　　　　　　　　　一八一九年五月

阿波罗礼赞

1

大神呵,你有金琴,
　　还有金色的头发;
你有金色的火焰,
　　还有金弓一把;
　　驾着车环行
　　四季迟缓的旅程;
请问你的怒火在哪里伏下?
难道你能容忍我冠戴你的荣誉,
　　你的花冠,你的桂花,
　　你的故事的光华?
或者我是蛆虫——不值死的一击?
　　哦,狄尔菲的阿波罗!

2

掌雷的天神①握拳又握拳,
　掌雷的天神皱眉又皱眉;
巨鹰的鬓发般的羽毛
　愤怒得根根竖立——而霹雳
　　才孕育它的声音,
　　却又逐渐消沉,
喃喃着,不得脱手而飞。
哦,为什么你不忍,要为蛆虫求情?
　为什么你要轻弹金琴
　使巨雷哑然无音,
为什么不让它摧毁这可鄙的微菌?
　哦,狄尔菲的阿波罗!

3

七姊妹的星辰起来了,

---

① 指雷神宙斯,他有巨鹰在身侧。

她们守着空中的静寂；
　　埋在地下的种子和根芽
　　　正在鼓胀,等着宴飨夏季；
　　　　大地的邻居,海波,
　　　　　也做着古老的工作,
　　呵,这一刻,有谁、谁敢于
　　发疯似地,在额前扎上你的花草,
　　　骄傲地冷笑和四顾,
　　　　如此高声地把神亵渎,
　　而还以此为荣,因为现在就向你伏倒?①
　　　哦,狄尔菲的阿波罗!

一八一六年

---

① 这里的意思似乎是,诗人自谦他过早以其诗歌炫耀于世,其实这还不是诗歌出现的时代,因此他之对阿波罗"伏倒",正是亵渎了阿波罗。

画眉鸟的话[①]

——给瑞诺兹[②]

呵,你的脸上扑过冬天的风,
你曾看见雪絮的云雾弥漫,
黑色的榆枝插上冰冷的星天!
等着吧,春天将是你丰收的季节。
呵,极度的黑暗曾是你惟一的
学识的明光,在日神离开后,
一夜又一夜,你以它为营养!
等着吧,春天定是灿烂的黎明。
别急于求知吧。我一点没有;
但我的歌却和温暖的天同调。

～～～～～

[①] 批评家曾指出,本诗以半似重复的语句,传出了画眉歌唱的节奏。原诗无韵。
[②] 瑞诺兹(John H. Reynolds,1796—1852),英国诗人,济慈的好友。

别急于求知吧！我一点没有；
但黄昏却在聆听。凡是忧心于
无事可做的人，是不懒散的；
那自以为睡的，他必定清醒。

一八一八年二月

仙灵之歌

不要悲哀吧！哦,不要悲哀！
到明年,花儿还会盛开。
不要落泪吧！哦,不要落泪!
花苞正在根的深心里睡。
擦干眼睛吧！擦干你的眼睛!
因为我曾在乐园里学会
怎样倾泻出内心的乐音——
　　　　　哦,不要落泪。

往头上看呵！往头上看！
在那红白的花簇中间——
抬头看,抬头看。我正欢跳
在这丰满的石榴枝条。
看哪！就是用这银白的嘴

我永远医治善心的伤悲。
不要悲哀吧！哦，不要悲哀！
到明年，花儿还会盛开。
别了，别了！——我飞了，再见！
我要没入天空的蔚蓝——
　　　　哦，再见，再见！

　　　　　　　　一八一八年

雏菊之歌

太阳,虽然它眼睛大睁,
远不如我看得多而清;
那骄傲的银色的月亮,
云彩遮不遮,反正一样。

哦,来了春天,春天多好,
我就像帝王一样逍遥!
我躺在茂盛的青草上,
偷看每个漂亮的姑娘。

我窥进人所不到之处,
看那人不敢看的事物;
而如果黑夜悄悄来了,

羊群就咩咩催我睡觉。

一八一八年

狄万的姑娘

你到哪儿去呀,狄万的姑娘?
　　你的提筐里装的是什么?
你从牛奶房来的小仙女儿,
　　行不行,要是我讨一点乳酪?

我爱你的草坪,我爱你的花朵,
　　我很爱你的乳酥食品;
如果在门后,我更爱偷偷吻你,
　　哟,别这么轻蔑地看人。

我爱你的山峰,我爱你的山谷,
　　我还爱你的羊儿咩叫,
我多愿意在灌木下和你躺着,
　　听我们的两颗心欢跳!

那我就把你的提筐放在一隅,
　　把你的披肩挂上杨柳,
我们将只对着雏菊轻叹,接吻,
　　用青青的草当作枕头。

　　　　　一八一八年三月

"在寒夜的十二月里"

1

在寒夜的十二月里,
呵,快乐的、快乐的树!
你的枝干从不记得
自己的绿色的幸福:
北风夹着冰雹呼啸,
却摧不毁你的枝杈,
融雪后的冷峭也不会
把你冻得绽不开花。

2

在寒夜的十二月里,
呵,快乐的、快乐的小溪,
你的喋喋从不记得
阿波罗夏日的笑意;
你带着甜蜜的遗忘
经历过结晶的约束,
对于这冰冻的季节
从来、从来也不恼怒。

3

唉!但愿许多青年男女
也能够和你们相同!
但对于逝去的欢乐
可有谁不心中绞痛?
尽管人感到了无常,
没有办法医治这创伤,
而又不能自居为草木,

这却从不曾表于诗章。

　　　　一八一八年十至十二月

无情的妖女

骑士呵,是什么苦恼你,
　　独自沮丧地游荡?
湖中的芦苇已经枯了,
　　也没有鸟儿歌唱!

骑士呵,是什么苦恼你,
　　这般憔悴和悲伤?
松鼠的小巢贮满食物,
　　庄稼也都进了谷仓。

你的额角白似百合
　　垂挂着热病的露珠,
你的面颊像是玫瑰,
　　正在很快地凋枯。——

我在草坪上遇见了
　一个妖女,美似天仙,
她轻捷、长发,而眼里
　野性的光芒闪闪。

我给她编织过花冠、
　芬芳的腰带和手镯,
她柔声地轻轻太息,
　仿佛是真心爱我。

我带她骑在骏马上,
　她把脸儿侧对着我,
我整日什么都不顾,
　只听她的妖女之歌。

她给采来美味的草根、
　野蜜、甘露和仙果,
她用了一篇奇异的话,
　说她是真心爱我。

她带我到了她的山洞,
　　又是落泪,又是悲叹,
我在那儿四次吻着
　　她野性的、野性的眼。

我被她迷得睡着了,
　　呵,做了个惊心的噩梦!
我看见国王和王子
　　也在那妖女的洞中,

还有无数的骑士,
　　都苍白得像是骷髅;
他们叫道:无情的妖女
　　已把你作了俘囚!

在幽暗里,他们的瘪嘴
　　大张着,预告着灾祸;
我一觉醒来,看见自己
　　躺在这冰冷的山坡。

因此,我就留在这儿,

独自沮丧地游荡；
虽然湖中的芦苇已枯，
也没有鸟儿歌唱。

一八一九年四月二十八日

伊莎贝拉[①]

(或"紫苏花盆")
——取自薄伽丘的故事[②]——

1

美丽的伊莎贝尔！真纯的伊莎贝尔！
　　罗伦左，一个朝拜爱神的年轻人！
他们怎能并住在一所大厦里
　　而不感到内心的骚扰和苦痛；
他们怎能坐下用餐而不感到

---

① 原诗韵脚是12121233,译诗改为在第一、三、五行上没有韵。
② 薄伽丘(G. Boccaccio,1313—1375),意大利作家,小说"十日谈"即其名著。本篇情节取自"十日谈"中第四日的第五篇故事,但与原来情节略有出入。原作为兄弟三人,济慈改为二人,并以与贵族缔亲作为谋杀的动机。篇中着力描写两兄弟的经济地位及剥削的残忍,这都是济慈添上去的,由此可见诗人对于资本主义的不合理制度有相当深刻的认识。

彼此靠近在一起是多么称心；
呵,是的！只要他们在同一屋檐下睡,
必然就梦见另一个人,夜夜落泪。

2

每一清早,他们的爱情增进一步,
　每到黄昏,那爱情就更深刻而温馨；
他无论在哪里:室内、田野或园中,
　他的眼帘必充满她整个的身影；
而她呢,树木和隐蔽溪水的喧哗
　无论怎样清沥,也不及他的声音；
她的琵琶时时把他的名字回荡,
她的刺绣空下一半,也被那名字填上。

3

当房门还没有透露她的身影,
　他已经知道是谁的手握着门环；
朝她卧房的窗口,他窥视她的美,
　那视力比鹰隼的还更锐利、深远；

他总是在她做晚祷时仰望着她,
　　因为她的面孔也在仰对着青天;
一整夜他在病恹的相思中耗尽,
只为想听她清早下楼的脚步声音。

4

就这样,整个漫长而忧郁的五月
　　使恋人的脸苍白了;等到六月初:
"明天,我一定要向我的喜悦俯首,
　　明天,我要向我的姑娘请求幸福。"——
"呵,罗伦左,我不愿再活过一夜,
　　假如你的嘴唇还不把爱曲倾诉。"
这便是他们对枕头的低语;唉,可是
他的日子还只是无精打采地消逝;

5

直到伊莎贝拉的孤寂的面颊
　　在玫瑰该盛开的地方黯然消损,
清癯得像年轻的母亲,当她低唱

各种样的催眠曲,抚慰婴儿的病痛:
"呵,她多么难过!"他想,"尽管我不该,
　　可是我决意明白宣告我的爱情:
若果容颜透露了她的心事,我要吻干
　　她的眼泪,至少这会逐开她的忧烦。"

6

在一个美好的清晨,他这样决定了,
　　他的心整天都在怦怦地跳;
他暗中向心儿祷告,但愿给他力量
　　使他能表白;但心中炽热的浪潮
窒息了他的声音,推延他的决定——
　　美丽的伊莎贝拉越是使他骄傲,
在她前面,他也就越腼腆如儿童,
可不是! 当爱情又是柔顺,又是沸腾!

7

于是,他又一次睁着眼挨过了
　　充满相思与折磨的凄凉夜景,

假如说,伊莎贝尔的敏锐的目光
　　并没有看清他额际的每一表征,
　至少她看到,那前额苍白而呆滞,
　　她立刻红了脸;于是,她充满柔情,
喏嚅着:"罗伦左!"——才开口便又停顿,
但从她的音容他读出了她的询问。

8

"呵,伊莎贝拉!我不能十分肯定
　　是否我该把我的悲哀说给你听;
　假如你曾有过信心,请相信吧:
　　我是多么爱你,我的灵魂已临近
它的末日:我不愿以鲁莽的紧握
　　使你的手难过,也不愿使你的眼睛
因被注视而吃惊;可是呵,我怎能
活过另一夜晚,而不倾诉我的热情!

9

"爱呵:请领我走出冬季的严寒,

姑娘！我要你引我到夏日的地方；
我必须尝一尝在那炎热的气候
　开放的花朵，它开放着美好的晨光。"
说完，他先前怯懦的嘴唇变为勇敢，
　便和她的嘴唇，像两句诗，把韵押上：
他们陶醉在幸福里，巨大的快乐
　滋生着，像六月所抚爱的艳丽花朵。

10

分手时，他们好像走在半空中，
　好像是被和风吹开的玫瑰两朵，
这分离只为了更亲密的相聚，
　好使彼此内心的芬芳交互融合。
她回到她的卧房，口里唱着小曲，
　唱着甜蜜的爱和伤心的情歌；
而他呢，以轻捷的步子登上西山，
向太阳挥手告别，心头充满了喜欢。

11

他们重又秘密地相聚,趁暮色
　还没有拉开它的帷幕,露出星星;
他们每天秘密地相聚,趁暮色
　还没有拉开它的帷幕,露出星星;
藏在风信子和麝香的花荫里,
　躲开了人迹和人们的窃窃议论。
呵,顶好是永远如此,免得让
好事的耳朵喜悦于他们的悲伤。

12

那么,难道他们不快乐?——不可能——
　只怪过多的眼泪寄予了有情人,
我们对他们付出过多的叹息,
　在他们死后又给了过多的怜悯;
我们看到太多的哀情故事,其实
　那内容最好以灿烂的金字标明;
除非是这一页故事:隔着波浪

忒修斯的妻子枉然把丈夫盼望。①

13

是的,对爱情无需有过多的报酬,
　一丝甜蜜就能抵消大量的苦涩;
尽管黛多②在密树丛里安息了,
　伊莎贝拉忍受了巨大的波折,
尽管罗伦左没有在印度苜蓿花下
　安享美梦,这真理依旧颠扑不破:
连小小的蜜蜂,向春日的亭荫求布施,
也知道有毒的花朵才最富于甜汁。

14

这美人和两个哥哥住在一起,

---

① 据希腊神话,忒修斯是海神之子,借阿里阿德涅的帮助杀死了妖魔;他将阿里阿德涅带至涅克索斯岛上将她遗弃。"忒修斯的妻子"即指阿里阿德涅。
② 据罗马神话,黛多爱上了漂流至迦太基的埃涅阿斯。埃涅阿斯以后照神的旨意离开迦太基,黛多被弃自杀。

祖先给他们留下了无数财产；
在火炬照耀的矿坑,在喧腾的工厂,
　　多少疲劳的人为他们挥汗；
呵,多少一度佩挂箭筒的腰身
　　为鞭子抽出了血,在血里软瘫；
多少人整天茫然地站在激流里,
为了把水中金银矿的沙石提取。

15

锡兰的潜水者为他们屏住呼吸,
　　赤裸着全身走近饥饿的鲸鱼；
他的耳朵为他们涌着血；为他们,
　　海豹死在冰层上,全身悲惨的
射满了箭；成千的人只为了他们
　　而煎熬在幽暗无边的困苦里：
他们悠游着岁月,自己还不甚清楚:
他们是在开动绞盘,把人们剥皮割骨。

16

他们何必骄傲?因为有大理石喷泉
  比可怜虫的眼泪流得更欢腾?
他们何必骄傲?因为有美丽的橘架
  比贫病者的台阶①更易于攀登?
他们何必骄傲?可是因为有红格账本
  比希腊时代的诗歌更动听?
他们何必骄傲?我们还要高声询问:
在荣誉底名下,他们有什么值得夸矜?

17

但这两个佛罗棱萨商人却自满于
  淫侈的虚荣和富豪者的懦弱,
像是圣城②的两个吝啬的犹太人,

---

① 《旧约·路加福音》中记载,拉撒路整日坐在富人门口的台阶上乞食,死后升到天堂,富人则入了地狱。这里"贫病者的台阶"似即指此事。
② 指巴勒斯坦。

他们把穷人当奸细一样严防着；
他们是盘旋在船桅间的鹰，是驮不尽
　　金银与古老谎骗的衣冠的马骡；
会向异乡人的钱袋迅速伸出猫爪，
对西班牙、塔斯干、马来文一律通晓。

18

像这样算账的人们怎会窥察出
　　伊莎贝拉的温柔乡的秘密？
他们怎会看出罗伦左的眼睛
　　有什么在分神？让埃及的瘟疫
扑进他们贪婪而狡狯的眼吧！
　　这种守财奴怎会处处看得详细？——
但竟然如此，——就像被追赶的野兔，
凡是正经的商人都必左右环顾。

19

哦，才气磅礴的、著名的薄伽丘！
　　现在，我们需要你慷慨的祝福，

请赐给我们盛开的番石榴香花
　和玫瑰——如此为月光所爱抚；
赐给我们百合吧，它变得更苍白
　因为不再听到你的琴声低诉，
请原谅这鲁莽的词句，它拙于
表现这段阴郁而沉默的悲剧。

20

只要受到你原谅，这故事一定会
　顺利地开展下去，有条有理；
我虽然拙劣，却没有狂妄的意图
　想把古代文章化为更美的韵律：
它之所以写作——无论好或坏——
　只为了敬仰你，对你的天灵致意；
只为在英文诗中树立你的风格，
好使北国的风中也回荡你的歌。

21

从很多征象，这兄弟俩看出了

罗伦左对妹妹有多深的爱情，
而且妹妹也热爱他，这使他们
　彼此谈论起来，感到异常愤恨：
因为他，他们商务中的一名小卒，
　竟然享有了自己胞妹的爱情，
而他们正谋划怎样劝诱她接受
一个富豪的贵族，和他的橄榄树！①

22

有很多次，他们在嫉恨地商议，
　有很多次，他们咬着自己的嘴唇，
终于想出了最可靠的办法
　要叫那年轻人为他的罪过抵命；
这两个凶狠的人呵，简直是
　用尖刀把圣灵割得碎骨粉身，
因为他们决定，要在幽暗的树林里
杀死罗伦左，并且把他掩埋灭迹。

---

① 在佛罗棱萨，富人多在自己的庄园种橄榄树。这里即指田产。

23

于是,在一个晴和的早晨,正当他
　　在园中倚着亭台上的栏杆
把身子探进晨曦里,他们便走过
　　露水凝聚的草地,来到他面前:
"罗伦左呵,你像是正在享受
　　适意的恬静,我们很不愿扰乱
你平静的思绪,可是,假如你高兴,
骑上你的马吧,趁天空还这么冷。

24

"今天,我们想,不,这一刻我们要
　　骑马向阿本奈山地走三英里远;
请你下来吧,趁炎热的太阳
　　还没有把野玫瑰的露珠数完。"
罗伦左,像他经常一样的儒雅,
　　躬一躬身,听从了这蛇蝎的呜咽,
便赶忙走去了,为的是装备停当:

扎上皮带、马刺,穿好猎人的服装。

25

而当他向庭院走近的时候,
　　每走到第三步,便停下来留意
　是否能听见他的姑娘的晨歌,
　或听见她轻柔的脚步的低语;
于是,正当他在热情中流连,
　他听到嘹亮的笑声来自空际:
他抬起头来,看见她光辉的容颜
在窗格里微笑,秀丽好似天仙。

26

"伊莎贝尔,我的爱!"他说,"我多苦,
　害怕来不及对你道一声早安:
唉!连这三小时的分别的悲伤
　我都无法抑制住,假如我竟然
失去你怎么办?可是,我们将会
　从爱情的幽暗得到爱情的白天。

再见吧！我就回来。""再见吧！"她说；——
当他走去时,她快乐地唱着歌。

27

于是,兄弟俩和他们谋杀的人
 骑马走出佛罗棱萨,到阿诺河；
 到那河边,河水流过狭窄的山谷,
  以欢跃的芦苇把自己摇摆着,
 而鲫鱼逆着水滩前行。两兄弟
  在涉过河时,脸上都苍白失色,
 罗伦左却满面是爱情的红润。
 他们过了河,来到幽静的树林。

28

罗伦左就在那儿被杀害和掩埋,
 就在那林中,结束了他无比的爱情；
 噢,当一个灵魂这样脱出躯壳,
  它在孤寂中绞痛——不能宁静,
 一如犯了这种罪恶的恶狗们：

他们把自己的剑在河里洗净,
就策马回家,马刺被踢得歪扭,
每人由于当了杀人犯而更富有。

29

他们告诉妹妹,罗伦左如何
　由于商务的急切需要和紧迫,
而他们又没有别人可信靠,
　便派了他匆匆搭船去往外国。
可怜的姑娘!披上你寡妇的哀服吧,
　快逃开"希望"底该诅咒的枷锁;
今天你看不见他,明天也不能,
再过一天你还得满心是悲痛。

30

她独自为了不再有的欢乐
　而哭泣,直痛哭到夜色降临;
而那时,唉!痛苦代替了热恋,
　她独自一个人冥想着欢情:

在幽暗中,她仿佛看见他的影子,
　　她对寂静轻轻地发出悲吟;
接着把美丽的两臂向空中举起,
　　在卧榻上喃喃着:"哪里?哦,哪里?"

31

但"自私"——"爱情"的堂弟——并不能
　　在她专一的胸中永远点着火焰;
她原为期待黄金的一刻而焦躁,
　　急切不安地挨过孤寂的时间——
但没有许久——她心上就来了
　　较高贵的情思,更丰富的欲念;
来了悲剧:那是不能抑制的真情,
是对她的恋人突然远行的悲痛。

32

在仲秋的一些日子,每逢黄昏,
　　从远方就飘来了冬底呼吸,
它逐渐给病恹的西天剥夺了

金黄的色彩,并且奏出死之曲
在灌木丛间,在簌簌的叶子上;
 它要使一切凋落,然后才敢于
离开它北方的岩洞。就这样,
 伊莎贝尔的美色逐渐萎谢、无光,

33

因为罗伦左不曾回来。常常地
 她问她的哥哥(她的一双眼
因为矜持而无光),是什么鬼地方
 把他拘留这么久?为了使她心安,
他们回回编个谎。他们的罪恶
 像新诺谷中的烟①在心中回旋;
呵,每一夜,他们都在梦里悲鸣,
看见妹妹似乎裹在白色的尸衣中。

---

① 新诺谷在耶路撒冷西南。据"编年史"记载,阿哈兹在新诺谷中把自己的两个孩子活活烧死,以祭莫洛屈;因此,新诺谷中的烟使他想到自己的罪恶。

34

而她呀,也许到死都茫然无知,
　要不是有一个最难测的东西:
它像是偶然饮下的强心的药
　　使病危的人可以多一刻喘息,
不致立刻僵毙;它像是长矛
　　以残酷的一刺使印度人脱离
云雾中的楼阁,使他重又感到
一团火焰在心中和脑中啮咬。

35

这就是梦景。——在深沉的午夜
　和昏睡的幽暗里,罗伦左站在
她的床边,落着泪:林中的坟墓
　把他的发间一度闪烁的光彩
弄暗了;给他的嘴唇按上了
　　冰冷的毁灭;使他凄凉的声带
失去柔和的曲调;在他的泥颊上,

又割出一条细渠使眼泪流淌。

36

幽灵开口,发出奇怪的声音,
　　因为它那可悲的舌头很想要
发出它生前所惯用的口音,
　　伊莎贝拉细细地听那声调:
它仿佛老僧以麻木的手弹破琴,
　　不合音符,又似无力而飘摇;
就从那口里,幽灵的歌曲在呜咽,
像是夜风飒飒穿过阴森的荆棘间。

37

幽灵的眼睛虽然悲伤,却仍旧
　　充满爱情,露水一般地闪亮,
这明光奇异地逐开恐惧底暗影,
　　使可怜的少女能略带安详,
聆听幽灵讲起那恐怖的时刻——
　　那傲慢与贪婪、那谋杀的狂妄,——

松林的荫蔽处,——水草的洼地,
在那儿,他无言地被刺倒下去。

38

他还说,"伊莎贝尔呵,我的爱!
　我的头上悬有红色的越橘果,
一块巨大的磨石压在我脚下;
　还有山毛榉和高大的栗树,洒落
叶子和果实在我四周;对岸有
　羊群的咩叫从我榻上飘过:
去吧,对我头上的野花洒一滴泪,
那将使我在坟墓中得到安慰。

39

"唉,天哪!我如今是个影子了!
　我独自在人性的居室外边
徘徊,独自唱着谢主的弥撒,
　听生命的音响在我周身回旋;
光泽的蜜蜂日午飞往田野,

多少教堂的钟声在报告时间；
这些声音刺痛我,似熟而又陌生,
而你却是远远的,处于人世中。

40

"我记得过去,对一切都有感觉,
  哦,我必发疯,如若我不是魂魄；
虽然我丢了人间幸福,那余味
  却温暖了我的墓穴,仿佛我
从光明的苍穹有了一位天使
  作为妻子；你的苍白使我欢乐；
我渐渐爱上你的美色,我感到
更崇高的爱情在我魂中缭绕。"

41

幽灵呻吟道:"别了!"——接着消隐,
  给幽暗的空气留下轻轻骚动；
好像当我们在午夜不能安眠,
  想到艰难的经历,无益的苦辛,

我们会把眼睛埋进枕头缝隙,

 看见闪烁的幽暗在翻动、沸腾:
悲哀的伊莎贝拉正是感到眼皮痛,
天刚破晓,她忽地坐起,睁开眼睛。

42

"哈哈!"她说,"谁懂得这冷酷的人生?

 我曾以为最坏的不过是灾难,
我以为命运只使人快乐或挣扎,

 不是活得愉快,就是一命归天;
想不到有罪恶,——有哥哥的血刃!

 亲爱的幽灵呵,你教我变为成年:
为了这,我要去看你,吻你的眼,
每早每晚,在天空中向你问安。"

43

在天光大亮时,她已盘算好

 怎样可以秘密地到树林里去;
怎样可以找到那珍贵的泥土,

就对它唱一支最近的安眠曲;
怎样使她的暂别不为人知道,
好把她内心的梦景加以证实。
决定以后,她就带了老乳妈一人,
走进那阴森的灵棺似的树林。

44

看呵,她们沿着河边悄悄走去,
她不断地对那老婆婆低语;
在环顾旷野以后,她拿出了
一柄刀。——"是什么烈火在你心里,
我的孩子?——究竟有什么好事
又使你笑起来?"——暮色在凝聚;
她们找到了罗伦左的睡乡:
那儿有磨石,有越橘树在头上。

45

谁不曾徘徊在青青的坟场,
让自己的精灵,像一只小鼹鼠,

穿过黏土的地层,坚硬的沙石,
　　去窥视脑壳、尸衣、棺中的枯骨?
谁不曾怜悯过那被饥饿的"死亡"
　　所蚕食的形体,想看它再次恢复
人的心灵?唉!这感觉却不算凄惨,
比不得伊莎贝拉跪在罗伦左之前!

46

她凝视着那一抔新土,仿佛
　　只一瞥已完全看出它的隐秘;
她清楚地看出来,清楚得像在
　　明亮的井中认出苍白的肢体;
她完全呆住在这谋杀的场所,
　　好似百合花扎根在幽谷里:
突然,她拿起小刀往地下掘,
她掘得比守财奴还更心切。

47

她很快就挖出一只脏手套,

那上面有她绣出的紫色幻想,
她吻着它,嘴唇比青石还冰冷,
　接着又把它放在她的心胸上,
就在那儿,它冻结了一切能止住
　婴儿哭嚎的甘蜜,和她的幻想;①
于是她又放手去掘,不稍间断,
只有时把遮面的发撩到后边。

48

老乳妈站在一旁,奇怪地望着:
　这凄凉的景象、这墓穴的掘挖,
使她的心深处充满了怜悯;
　于是她跪下来,披散一头白发,
用她枯柴的手也尽力帮着
　做这可怕的工作;她们直向地下
掘了三点钟,终于把墓穴摸到,

---

① 这句话比较难懂,因为太紧缩了内容。其意似为:伊莎贝拉做妻子和母亲的幻想(类如给婴儿吃糖,使他不要哭泣等美好的幻景),都被这一只手套(象征罗伦左的死)所摧毁了。此处形象的美丽和含蓄,曾为批评家所称赞。"她的幻想"一词,尚是译者所加的。

伊莎贝拉既不顿足,也不哭嚎。

49

噫! 为什么尽是这阴森的描述?
　　为什么这支笔把墓门说个不完?
古老的传奇故事是多么文雅!
　　想想行吟的歌,那单纯的哀怨!
亲爱的读者,还是请你读一读
　　原来的小说吧,因为,在本篇
它实在讲得不够好:读读原作,
听乐音如何流贯那暗淡的景色。

50

她们的钢刀不及珀耳修斯的剑,①
　　割下的头也不是畸形的魔妖,
而是这样一个人,他死后依然优雅,

---

① 希腊神话:珀耳修斯是大神宙斯之子,他杀死并割下了墨杜萨的头。墨杜萨三姊妹原是刀枪不入的,她们凝视谁,谁便会变成石头。

有如生时。古代的竖琴曾唱道:
爱情不朽,它是主宰我们的神;
　但它也许是化成肉身,而且死了,
伊莎贝拉正是吻着这肉身伤悲。
这正是爱情;呵,死了——却没有退位。

51

她们急急把它秘密地带回家,
　于是它成了伊莎贝尔的宝藏:
她用金梳子梳着它散乱的头发,
　又在每只眼睛的阴森孔穴旁
把睫毛梳直;她以眼泪(它冰冷得
　像石穴的水滴)把泥污的脸庞
洗拭干净:——她一面梳,一面叹息,
整天不是吻着它,就是哭泣。

52

以后她用一方丝巾(它因有
　阿拉伯的奇花的露水而香甜,

并且沾有各种神异的花汁,
　　仿佛刚从那幽冷的脉茎涌现,)
把它包裹了;又找出一个花盆
　　当做坟墓,就把它放在里面;
于是她铺上泥土,把一株紫苏花
种植下去,用她的泪水不断浇洒。

53

从此,她忘了日月和星辰,
　　从此,她忘了树梢上的青天,
她忘了流水潺潺的山谷,
　　也忘了冷峭的秋风飞旋;
她不再知道白天几时消逝,
　　也看不见晨光升起:只不断
静静地望着她甜蜜的紫苏,
并且把泪水滴滴向它灌注。

54

就这样,由于她的清泪的灌溉,

它繁茂地滋长,青绿而美丽;
它比佛罗棱萨所有的紫苏花
　　都更芬芳,因为它还从人所怕的
吸取到营养和生命,还从那
　　掩复着的、迅速腐蚀的头颅里;
所以,这珍宝就从密封的盆中
开出花来,又把嫩叶伸到半空。

55

唉,忧郁! 在这儿稍停一会吧!
　　哦,乐音,乐音,请哀哀地呼吸!
还有回声,回声,请从渺茫的
　　忘川的岛屿——对我们太息!
悲伤底精灵,抬起头来,微笑吧;
　　精灵呵,把你们沉重的头抬起,
在这柏树的幽暗中闪一闪亮,
把你们的石墓染上银白的光。

56

　到这儿呻吟呵,所有的哀辞,
　　请你们离开悲剧女神的喉咙,
从青铜的竖琴上悒郁而行,
　　把琴弦点化为神秘的乐声;
请对轻风悲哀而低回地唱,
　　因为呵,真纯的伊莎贝尔已不能
活得很久了:她枯萎有如那芭蕉:
印度人要为了香汁把它砍掉。

57

呵,任由芭蕉自己去枯萎吧;
　　别再让严冬冷彻它临终的一刻!——
也许不会——但她那膜拜金钱的
　　哥哥,却看到她呆枯的眼睛洒落
不断的泪雨;不少好事的亲友
　　也在奇怪,为什么在她将要充作
贵族的新娘的时候,却不惜

将大好青春与美底天赋委弃。

58

而且,更使她的哥哥诧异的是,
　　为什么她总垂头坐在紫苏前,
为什么花儿盛开,像具有魔力,
　　这一切都给他们提出了疑难;
的确,他们不能相信,这一盆
　　渺不足道的东西,竟能截断
她美好的青春,窃取她的欢愉,
甚至霸占她恋人远行的记忆。

59

所以,他们观察许久,想解答
　　这一个哑谜;但都归枉然;
因为她很少到教堂去忏悔,
　　也很少感到饥饿的熬煎;
她每次离房,都很快就回来,
　　好像飞开的鸟要回来孵卵;

她也和雌鸟一样耐心,面对着
她的紫苏,任泪珠朝发丝滚落。

60

但他们终于偷到了紫苏花盆,
　并且把它拿到暗地里仔细考察:
他们看到青绿而灰白的一物,
　正是罗伦左的脸,分毫不差!
呵,他们终于得到了谋杀底报酬:
　两人匆匆离开了佛罗棱萨,
从此不再回来。——他们的头上
戴着血罪,从此流落在异乡。

61

唉,忧郁! 移开你的视线吧!
　哦,乐音,乐音,请哀哀地呼吸!
还有回声,回声,请在另一天
　从你的忘川之岛对我们太息!
悲伤底精灵呵,暂停你的丧歌,

因为甜蜜的伊莎贝尔将死去；
她将死得不称心，死得孤独，
因为他们夺走了她的紫苏。

62

可怜的她望着无感觉的木石，
　尽向它们追问她失去的紫苏；
每看到游方的僧人，她就带着
　凄苦而清朗的笑声向他招呼，
并且问道：为什么人们把她的
　紫苏花隐藏起来了，藏在何处；
"因为呵，"她说，"是谁这么残忍，
竟偷去了我的紫苏花盆。"

63

就这样，她憔悴，她孤寂地死去，
　直到死前，总把紫苏问个不停。
佛罗棱萨没有一颗心不难过，
　不对她的哀情表示怜悯。

有人把这故事编成了一支
　　凄凉的歌曲,这曲子传遍全城;
它的尾声仍旧是:"呵,太残忍!
谁竟偷去了我的紫苏花盆!"

　　　　　　　　一八一八年二月

圣亚尼节的前夕①

1

圣亚尼节的前夕——多么冷峭！
夜枭的羽毛虽厚,也深感严寒；
兔儿颤抖着瘸过冰地的草,
羊栏里的绵羊都噤若寒蝉；
诵经人的手冻僵了,拿着念珠,
嘴里不断祷告；他呵出的气
像古炉中焚烧的香,凝成白雾,

---

① 圣亚尼是罗马少女,于十四岁时以身殉基督教。圣亚尼节的前夕在一月二十日,传说在这一夜,少女在进行祷告后可以梦见未来的丈夫。又:原诗每节的韵脚是 121223233,译诗稍有改变,是121234344。

仿佛向天庭飞升,不稍停息,
袅袅直抵圣母的画像,又飞上去。

2

把祷告做完了,这耐心的僧侣
便拿起灯盏,抬起双膝,赤着脚,
他苍白而清癯的,缓缓走去,
重又走上教堂座间的夹道;
在两旁,死者的雕像好似冻住
在那黑色的、净狱界的围栏中;
骑士、淑女,都正在默默地跪伏,
他走过去,也无心去想他们
披着甲胄和披肩,不知怎样僵痛。

3

他向北走,从一扇小门走出,
还不到三步,清婉乐音的金舌
就把苍迈老僧的眼泪勾出;
唉,够了!——他的丧钟早已敲过;

他此生的欢乐已经数尽、唱完:
在圣亚尼节的前夕,只有忏悔
是他的份:他换条路走,转瞬间
他已坐在灰堆上替灵魂赎罪,
也为了造孽的世人,整夜在心悲。

4

老僧人所以听到委婉的前奏,
这是因为,很多人来来往往
使门户透进了乐曲。而不久
银铃般刺耳的号声开始激荡:
一排房间被灯火照得通明
等着接待成千的宾客;许多天使
雕刻在飞檐下面,都睁大眼睛
永远向着上空热烈地注视,
头发往后飘扬,胸前交叠着双翅。

5

终于,辉煌的盛会开始了,

到处是毛羽、冠冕、盛装与银饰,
灿烂得仿佛少年人的思潮:
无数幻影和古代传奇的韵事
都在那里聚集。但撇开闲言,
且让我们叙说有一个少女:
呵,那整个冬季,她的心不断
冥想着爱情,想着圣亚尼天使,
因为老乳媪对她讲过了很多次。

6

乳媪说,在圣亚尼节的前夕,
姑娘们都能看到恋人的影像,
只要她们遵守正确的仪式,
在甜蜜的午夜,她们的情郎
就会在梦中对她们情话绵绵;
她们必须不吃晚餐就上床,
将百合似的玉体仰卧朝天,
不准斜视或后顾,只面对天堂,
只对上天默念她们的一切愿望。

7

梅德琳的脑中充满着幻想：
乐声虽高，像天神痛苦的呻吟，
她却没听见；仕女熙熙攘攘
行经她跟前，但她虔诚的眼睛
只垂向地板，丝毫不曾看到。
多少钟情少年朝她踮脚走来
又悄悄退回；并不是她骄傲，
而是看不见：呵，她的心早已不在，
为了圣亚尼的梦，飞往九霄云外。

8

她淡漠而茫然地和人舞蹈，
唇干舌燥，呼吸短促而迫急：
庄严的时辰快到了，她直心跳，
既听不见鼓声，也无意拥挤
去与人愤慨地低语，或者说笑；
爱与恨、无礼与轻蔑的世相

都被幻想蔽住,不再使她看到,
除了圣亚尼和她的一群羔羊,①
还有午夜的欢乐在眼前荡漾。

9

就这般,她耽延着,每一刻
都想走开。但这时,驰过荒原,
少年波菲罗心里满是情火,
朝梅德琳来了。他立于门边
守在月阴处,暗向圣徒祷告:
但愿得见梅德琳,哪怕是等它
漫长的几点钟,只要能悄悄
注视她一会,甚或还对她谈话,
下跪、接触、亲吻——膜拜一刹那。

10

他侧身走进来:唉,千万可藏好,

① 圣亚尼的祭祀时,必使用羔羊。

谁也不准看见,要不然,百把剑
就刺穿他的心,那爱情的碉堡;
对他说,这里好似一伙生番,
是鬣狗似的仇敌,愤怒的暴君,
连他们的狗都会对他的门楣
吠出诅咒。他们没有一个人
对他心怀仁慈;整个爵府内,
只有一个老媪能以笑颜相对。

11

呵,巧得很!正是那老媪来了,
拄着象牙头的拐杖,蹒蹒跚跚;
他站脚的地方,火炬照不到,
又挡在门柱后为人所不见,
也远离欢笑与嘈杂的喧声:
老媪猛吃一惊,但立刻认出了
是他,便把他的手握在手中,
说道:"天呵,波菲罗!快快逃跑;
他们全在这儿,谁见你也不饶!

12

"快走！快走！矮子西尔得勃兰
最近生过热病,病中还咒骂
你和你的一族,你整个的家园;
莫理斯爵爷虽然是一头白发,
也对你心怀不善——唉！跑吧！
跑得无影无踪。"——"不,老婆婆,
这儿足够安全的;你且坐下,
告诉我——""天哪！别在这,别在这;
跟我来,孩子,不然你免不了灾祸。"

13

他跟着她,穿过低矮的走廊,
他的缨毛擦过了蛛网灰尘,
来到一间小屋,屋里有月光
从窗格透进来,苍白、寂静、阴森,
有如坟墓。老媪这才把心松开。
"现在告诉我吧,"他说,"哪儿是

梅德琳呀？噢,告诉我,请看在
那神圣的织机面上(只有修女
在那上织出圣亚尼的绒衣)。"①

14

"呀,圣亚尼!这是圣亚尼前夕——
可是就在节期,人们还是杀戮:
除非你能叫筛里的水不滴,
要不能把妖魔鬼怪都管住
怎敢到这里？呵,你多叫我心惊,
波菲罗!——竟在今晚跟你见面!
今晚呀,我的小姐要祭神明,
但求天使帮忙,把她骗一骗!
我要笑笑,伤心可有的是时间。"

15

她微弱的笑在月光里荡漾；

---

① 在圣亚尼祭礼上使用的羔羊,经常取其毛,用特殊的织机织成布,作成衣服。此处波菲罗就以这"神圣的织机"起誓。

波菲罗尽望着老媪的面孔，
仿佛是老婆婆坐在炉火旁
戴上眼镜，而小顽童目不转睛
望着她，等她讲解一本奇书。
但一待她说出小姐的心意，
他双目立刻灼亮，却又忍不住
流下眼泪，想到在如此寒夜里，
梅德琳要照古代的传说安息。

16

突然有个念头，像玫瑰花开，
红透了他的鬓角，又在他心中
搅起一片紫波：而等他说出来
这个计谋，老婆婆却吃一惊：
"呀，不料你这么放肆、荒唐；
好姑娘，尽她自个去祷告、做梦、
和好天使做伴吧，千万别让
你这种坏人来打扰。去去！如今
我看你再也不像从前那么好心。"

17

"我绝不惊扰她,呵,神明在上!"
波菲罗说,"如若我不守誓言,
动了她柔发一丝,或对她面庞
投上无礼的一瞥,就让老天
对我临死的祈祷堵住耳朵:
好安吉拉呵,凭这眼泪,请相信
我的真诚吧,不然,就在此刻
我要大声嚎叫,唤出我的仇人,
我要一拼,尽管他们比虎狼还凶。"

18

"咳!你何苦让我这老命残生
跟着你担惊受怕?黄泉不远,
不到午夜就许敲出我的丧钟;
还不是为了你,我每天早晚
都默默祷告!"她说完这番话,
波菲罗立刻也放软了语气;

他是这么难过、悲哀、心乱如麻，
安吉拉一口答应：她必尽力
帮助他，赴汤蹈火也在所不惜。

19

那就是，她要偷偷把他领到
小姐的闺房，把他藏在壁橱里，
这样，他就可以从帷后悄悄
窥伺着美人，以称他的心意。
而如果那一夜，有成队的妖仙
舞于被面，使她的眼受到魔祟，
他也许就缔结了美满姻缘。
呵，自从莫林①将宿债偿还了魔鬼，
还不见有情人今夕如此相会。

20

老婆婆说，"一切都依你的话。

---

① 莫林是一个老巫师，因为将符咒给了一个邪恶的少女，少女反将他永远闭锁在一棵橡树里。详见丁尼生（Tennyson, 1809—1892）的"国王牧歌"。

我要快把糖果和糕点摆好：
她的琵琶就挨着刺绣绷架，
你就会看到。哦，我可得去了；
你看我又老又慢，体力不支，
这摆席的大事可糊涂不得：
你且耐心等一会吧，我的孩子，
求求天：你和小姐一定能结合，
不然，就让我死后魂无归所。"

21

说完，她蹒跚地去了，满心惶恐。
恋人的时光真漫长而迟缓；
老乳媪回来了，附在他耳中
说道，"跟我来吧"；她惊惶的老眼
生怕暗中有人，不住地张望；
他们穿过了许多阴森廊道，
走到少女幽静的丝帏绣房，
波菲罗快活地在室内藏好，
他的向导也走开，脑中在发烧。

22

正当安吉拉的颤巍巍的手
扶着栏杆,在暗中摸索楼梯,
中魔似的梅德琳恰巧上楼
要来度过她圣亚尼的佳夕:
手执着银烛,她转头将老婆婆
小心扶下楼梯,扶到了平地上。
呵,现在,幸福的少年波菲罗:
准备好吧,快注视那一张绣床;
她来了,又来了,像飞鸽不断回翔。

23

她匆匆进来,烛火被风吹熄,
一缕青烟散入了银灰的月光;
她闭起房门,心跳得多么急,
呵,她已如此临近仙灵和幻象:
别吐一个字,不然就大祸临头!①

---

① 仪式的条件之一是,必须绝对缄默,才能在梦中看到情人。

可是呵,她的心却充满了言语,
一腔心事好似有骨鲠在喉;
有如一只哑夜莺唱不出歌曲,
只好窒闷于胸,郁郁死在谷里。

24

三层弧形的窗棂十分高大,
有精巧的花纹镂刻在窗顶,
果实、枝叶和芦草缠结垂挂;
窗心嵌着各种样的玻璃水晶:
缤纷的五彩交织,奇光灿烂,
好像虎蛾的翅膀映辉似锦;
在这幽暗如层云的花纹中间,
在天使的荫蔽下,立着一面盾,
像被帝王和后妃的血所浸润。

25

寒冷的月色正投在这窗上,
也在梅德琳的玉洁的前胸

照出温暖的绛纹；她正在合掌
向天默祷，像有玫瑰复落手中；
她那银十字变成了紫水晶，
她的发上闪着光轮，有如圣徒：
又好似光辉的天使正待飞升，
呵，波菲罗已看得神志恍惚：
她跪着，这么纯净，似已超然无物。

26

但他又心跳起来：晚祷完毕，
她就除去发间的珠簪和玉针，
又将温馨的宝石一一摘取；
接着解开芳馥的胸兜，让衣裙
緛縩地轻轻滑落在她膝前，
这使她半裸，像拥海藻的人鱼；
沉思了一会，她睁开梦幻的眼，
仿佛她的床上就睡着圣亚尼，
但又不敢回身看，生怕幻象飞去。

27

只片刻,她已朦胧不甚清醒,
微微抖颤在她寒冷的软巢里;
接着来了睡眠,以罂粟的温馨
抚慰了她的四肢,让神魂脱体
好似一缕柔思飞往夜空,
幸福的脱离了苦乐,紧紧闭住
像一本"圣经"在异教徒的手中;
不但忘却阳光,也不沾雨露,
仿佛玫瑰花瓣开了、又能收束。

28

偷到了这天国,满心是狂喜,
波菲罗尽望着她脱下的衣裙;
又细细聆听,是否她的呼吸
已在睡神的温柔乡里苏醒;
呵,确系如此;他谢过了神明,
舒了口气,便蹑足出了壁橱,

像荒野中的恐惧,寂静无声;
他悄然走过地毡,轻踮着脚步,
掀开丝帷只一瞥:呀,她睡得多熟!

29

靠近床边,正有暗淡的月光
投下银灰的朦胧,他就在那里
轻轻放下桌子,又小心地铺上
绣花桌布(朱赤、金黄兼墨玉);
从远处,午夜的宴会不断传来
喧腾的笑闹声、笙箫与鼓号:
噢,但愿梦神的护符能隔开
这刺耳的杂音,尽管如此缥缈;
他关上了堂门,一切复归静悄。

30

她覆盖着喷香的雪白被褥,
正安享为蓝眼睑锁住的睡眠;
波菲罗这时从橱柜里搬出

蜜饯、苹果、青梅和木瓜多盘,
还有各种果酱,滑腻似乳酪,
透明的果子露含有肉桂味,
还有各种香糕,以及自摩洛哥
运来的蜜枣、仙果,无一不备,
无论是沙马甘、①或黎巴嫩的珍贵。

31

这些珍品有的摆在金盘上,
有的盛以银丝编就的筐篮,
它们堆列着,闪着豪华的光芒,
清香四溢,没入幽静的夜寒。
"呵,现在,我的爱,我美丽的天使,
醒来吧!"波菲罗在床边低语:
"你是我的天堂,我是你的隐士:
睁开眼睛呵,别把今宵虚掷,
不然,我就心痛得在你身边长逝。"

---

① 旧时俄国地名。

32

喃喃着,他以温暖无力的肘
支在她柔软的枕上。层层黑帷
遮起她的梦:是午夜的魔咒
像冰川一样裹住梅德琳沉睡。
晶莹的盘子放射月光的明辉,
宽阔的金线闪在毛毡边沿:
呵,仿佛那封住她双眼的梦魅
他将永远、永远无法给驱散;
他沉思片刻,也堕入悠悠的梦幻。

33

他醒来,把她的琵琶拿到手,
弹出了一支久已沉寂的哀曲,
悠扬的——曲调是那么轻柔,
在普罗旺斯,①人称"无情的妖女":

---

① 普罗旺斯(Provence),法国南部的一省。

这乐声在她耳鬟不断回旋,
她动了动,发出轻微的呻吟:
他停住手,看她喘息——而突然
她受惊的蓝眼睛大大睁开:
呵,他跪下了,像石像一样的苍白。

34

眼睁开了,可是她明明看见
梦中的景象,并未因醒而飞去,
只有一点不同了,这使她心酸,
因为她那梦中纯净的欢愉
似乎已经不在了!——她不由得
泪珠盈眶,不断呻吟和叹息;
她把两眼仍旧注视着波菲罗,
而他呢,两手紧握,满目怜惜,
却不敢惊动她,也不敢言语。

35

"波菲罗呵!"她说,"怎么,我听到

你的声音刚才还那么甜蜜,
你的誓言还在我耳边缭绕,
那多情的目光多么神采奕奕:
呀,你怎么变了!这么苍白、冰冷!
我的波菲罗呵,请再还给我
你那不朽的眼神,喁喁的话声!
爱,别离开我,使我一生难过,
要是你死了,我岂不永远漂泊?"

36

听了这情意绵绵的话,他立刻
站起身,已经不似一个凡人,
而像是由云雾飘起,远远沉没
在那紫红的天际的一颗星。
他已融进了她的梦,好似玫瑰
把它的香味与紫罗兰交融;——
但这时,西北风在猛烈地吹,
刺骨的冰雪敲打窗户,给恋人
提出警告:节夕的月亮已经下沉。

37

天昏地暗,冰雪敲打得急骤:
"这不是梦呀,我的爱,我的新娘!"
天昏地暗,寒风在横扫和嘶吼:
"这不是梦呀,唉!唉!我真悲伤!
波菲罗竟让我在这儿一个人。——
多狠心!是谁引你来到这里的?
但我也不怨尤,因为这颗心
已溶进你的了,即使被你遗弃,
像失散的鸽子,扑着病弱的羽翼。"

38

"哦,我的梅德琳!你多会做梦!
你说,我能否永远受你的福祇?
能否作你的盾牌,牌心涂上朱红?
银色的庙堂呵,我愿安息在此,
我,长期朝拜的香客,饥饿、疲劳,
终于碰见奇迹了。但请放心,

梅德琳呵，我虽找到你的香巢，
我不偷别的，只要你的金身，
要是你允许我对你全心笃信。

39

"听呵！这是仙灵送来的风暴，
它虽然凄厉，却似对我们祝福，
起身吧，起身吧！一会就破晓；
那些酗酒的人绝不会拦阻——
让我们快走吧，亲爱的姑娘，
这时决没人看见，没人听到，
他们都被蜜酒送进了睡乡，
起身吧！起身吧！爱，不要胆小；
为了你，我在南方早把家园置好。"

40

她匆匆跟随他，万分地害怕，
因为强暴的人就在四周歇息，
也许正持矛在幽暗里巡察——

他们从漆黑的楼梯摸索下去。
整个府邸里寂然不闻人声。
每个门前,垂挂的灯在闪烁;
壁上的画帷在狂吼的风中,
人、马、鹰、犬都随着风抖索;
在风过处,地毡一角也时起、时落。

41

他们像是幽灵,潜行到厅堂内;
像是幽灵,他们来到了铁门前;
守门人正蜷伏在那里酣睡,
一只空肚的酒瓶在他身边;
惊醒的狗站直,摇摇全身的毛,
但立刻认出了是主人走近;
门闩轻易地一一滑出闩道,
铁索堆在石板上,守着寂静;
钥匙转动了,大门吱纽了一声。

42

于是他们逃了：呵，在那远古
这一对情人逃奔到风雪中。
那一夜，男爵梦见不幸的事故，
他的勇武的宾客也都被噩梦
久久地纠缠，看见妖魔、鬼怪
和墓穴中蠕动的长条蛆虫。
老安吉拉瘫痪死去，早已不在；
那诵经老僧，诵过了千遍经文，
也寂然坐化在他冰冷的火灰中。

一八一九年一至二月